VERLAG ANTJE
KUNSTMANN

Björn Bicker

AMINAS LÄCHELN

Verlag Antje Kunstmann

Spotify Playlist: AMINAS LÄCHELN Soundtrack

Meinen Geschwistern

1

The only sun I ever knew
Was the beautiful one that was you.
THE MAGNETIC FIELDS *I don't believe in the sun*

DA ICH EINE AMEISE WAR WIE ALLE UND MEIN WEG VORGEZEICHNET

AUF GLEIS 18 STAND DER ICE NACH HAMBURG, und für die Dauer eines Blitzschlags war ich die, die verreist, weg aus München, weg von der Arbeit, weg von Eva, weg von Arne und Lotta, weg von allem. Aber da ich eine Ameise war wie alle anderen auch und mein Weg vorgezeichnet, lief ich weiter, vorbei an der Verkaufstheke, dem *Burger King* an der Ecke, raus aus der Halle, über die Straße vor dem Bahnhof, in die Schillerstraße bis Ecke Landwehr. Die Beratungsstelle öffnet um neun, ich war wie immer um Viertel nach acht da, um alles vorzubereiten. Anrufbeantworter abhören. Noch ein paar kurze Telefonate führen. Und dann würde es losgehen. Dann kommen die Klienten, einer nach dem anderen, Alkohol, Drogen, Medikamente, Glücksspiel, Computer. Es gibt eigentlich nichts, wovon man nicht abhängig werden kann. Erst ganz am Ende der Ausbildung, während des Praktikums in der Klinik, bin ich hängen geblieben. Bei der Sucht. Das hatte natürlich mit Eva zu tun. Eva war Stationsärztin. Wir leiteten damals zusammen eine Gesprächsgruppe. Zwölf Alkis, die gerade ihre Entgiftung hinter sich hatten und weitermachen wollten mit Therapie. Das waren Leute mit jahrelangen Saufkarrieren. Der eine hat immer zu Eva gesagt, *Mädschen, dat verstehen Sie nisch, dat können Sie gar nisch verstehen. Ihnen fehlen ein paar Promille*

Erfahrung, und Eva hat gelacht und ihm recht gegeben mit ihrem umwerfenden *Es-wird-alles-gut-Lachen.* Nach der Begrüßungsrunde im Team kam sie zu mir und strahlte mich an. Sie stand vor mir und hat geleuchtet. Sie sagte nichts, strahlte nur. Sie stand da in ihrem weißen Kittel, ein Kopf größer als ich, die Sommersprossen tanzten auf ihrem hellen Gesicht, die dunkelbraunen Haare fielen auf ihre Schulter, es schien, als könne sie nichts aus diesem schwebenden Gleichgewicht bringen. Sicher sagt sie gleich irgendwas, dachte ich, aber es kam nichts, das war ihre Art, mich zu begrüßen. Sie sah mich einfach an. Ich wurde furchtbar rot und streckte ihr meine Hand entgegen, die sie schlagartig nahm und mit ihren klugen Fingern betastete. »Kalte Hände«, triumphierte sie, so als würde sie sich darüber freuen. »Ich habe auch kalte Hände. Komm mal mit.« Sie zog mich aus dem Besprechungsraum über den Flur in ihr Arztzimmer, das sie sich damals mit Ingo, ihrem Kollegen, teilte. Sie zog ein kleines Samtkissen aus einer Schublade und drückte es mir in die Hand.

»Hier, das schenke ich dir, das wärmt. Frag mich nicht wie, es funktioniert.«

»Wer heilt, hat recht.«

»Ach, echt, ich weiß nicht, Heilung ist auch so eine überschätzte Kategorie. Wir heilen hier sowieso niemanden. Oder, Ingo?«

Ingo stand im Türrahmen und sah uns an. Sein Blick wanderte hin und her. Sein Scannerblick, den er gerne einsetzte. »Vielleicht uns selbst«, sagte er und ließ sich auf seinen Bürostuhl fallen. Er hackte irgendwas in seinen Computer und drehte sich dann zu uns um.

»Die Kollegin hat zu allem eine dezidierte Sondermeinung«, gab er mir gespielt ernst zu verstehen.

»Lass dich von ihr nicht verunsichern.«

Eva hielt meine Hand, unbeirrt. Sie stieg in Ingos Spiel ein. Es war, als wäre ich in eine Szene geraten, die sie nicht das erste Mal spielten.

Ich versuchte, die Tür zu dem Ladenlokal, in dem unsere Beratungsstelle war, aufzuschließen. Ich zitterte und kriegte den Schlüssel kaum ins Schloss. Da fiel mir ein, dass ich noch nichts gefrühstückt hatte. Ich war völlig unterzuckert. Ich ließ den Schlüssel stecken und ging zu der irakischen Bäckerei nebenan, um mir einen Sesamkringel zu kaufen. Als ich zurückkam, stand meine Chefin in der Tür und schnauzte mich an.

»War nur kurz beim Bäcker.«

»Ich dachte schon.«

»Nein, nein, keine Angst.«

Sie hielt mir den Schlüssel hin und verdrehte die Augen.

Ich drückte mich an ihr vorbei wie ein ungezogenes Kind und ging in mein Beratungszimmer. Dort riss ich das Fenster auf und brachte die drei schmutzigen Teetassen vom Abend zuvor in die Küche. Meine Chefin machte gerade Kaffee. Sie mochte es nicht, wenn wir abends noch in den Büros saßen. Privat, sagte sie, das ist privat. Das ist verboten wegen der Ansteckung und der Pandemie. Wir dürfen uns privat hier nicht mehr aufhalten. Sie hatte Angst wie alle und wollte die Vorschriften einhalten. Sie versuchte mich anzulächeln, es gelang ihr aber nicht. Das Gesicht verrutschte. Ich nickte verständnisvoll. Ihre glasigen Augen schauten durch mich hindurch. Kurz fragte ich mich, was sie sah, ob sie mehr sah als ich. Noch zehn Minuten, dachte ich, dann kommt der erste Klient. Ich musste husten, weil der Sesamkringel so trocken war. Ich trank Wasser aus einem der IKEA-Gläser, die überall herumstanden. »Ich will weg«, dachte ich und sah den ICE nach Hamburg am Gleis stehen. Ich hustete und schwitzte. »Ich will weg.« Was für ein grober Satz. Und dann fiel mir das ein: Einmal hatte Eva mir das Leben gerettet. Weil ich zu schnell gegessen und mich verschluckt hatte. Hühnerknochen. Ich lief schon blau an, da griff sie beherzt in meinen Rachen und erwischte das Ding mit einem Finger. Danach musste ich in die Klinik, weil die Luftröhre verletzt war. Ohne Eva wäre ich erstickt. Da war sie schon schwanger mit Lotta. Der Vorfall riss uns damals aus unserer blöden Euphorie heraus. Alles war wie am Schnürchen gelaufen. Wir waren nicht mal ein Jahr zusammen und waren uns so sicher, dass wir eine Familie gründen wollten. Ingo war nicht nur Evas Kollege, sondern auch ihr bester Freund und er gab sein Sperma her. Und dann kam Lotta auf die Welt. Die kleine, blonde Lotta. Und weil alles so leicht schien, fragten wir Ingo noch ein zweites Mal und er war wieder dabei, und nicht mal anderthalb Jahre nach Lotta kam Arne auf die Welt. Er ist jetzt acht. Am Anfang war klar, dass wir den Kindern nicht sagen würden, wer ihr biologischer Vater ist. Aber Ingo war immer da. Manchmal fuhren wir sogar zusammen in den Urlaub. Einmal hatten wir ein Ferienhaus in Dänemark gemietet, auf einer Insel, da waren die Kinder vier und drei. Alles war sehr harmonisch. Er genoss die Zeit mit uns, jedenfalls wurde er nicht müde, das bei jeder Gelegenheit zu betonen, dann setzte er seinen Scannerblick auf und wartete auf Reaktionen. Er hatte damals gerade eine Trennung hinter sich und war froh, dass er nicht alleine sein musste. Abends saßen wir auf der Terrasse des Holzhauses und tranken Wein, und die Kinder liefen im Garten herum. Das Rauschen des Meeres in sicherer Entfernung. Die Schreie der Möwen. Ingo sprang immer wieder auf und tollte mit den Kleinen auf dem Rasen herum, er spielte Fußball mit ihnen, jagte sie durch die Hecken. Am Rande des Grundstücks lag ein altes, halb verrottetes Ruderboot. Sie waren Piraten, die ein feindliches Schiff überfielen. Ingo ging mit viel Tamtam über Bord und die Kinder stiegen kreischend und glücklich auf sein Spiel ein. Dann lockte er sie an den Tisch, damit sie etwas aßen, es gab Kartoffeln und Fisch und Soße mit Kapern, was die Kinder aus unerfindlichen Gründen besonders gerne mochten. Ingo war außer Atem und lachte, und Eva tat den Kindern ihr Essen auf und sie fingen an, die Kartoffeln und die Fischstückchen, die ich zuvor akribisch auf Gräten untersucht hatte, in sich hineinzustopfen. Evas Wangen brannten feuerrot von der Luft und der Sonne, sie strahlte wie immer und ich war so glücklich, dass ich die Zeit anhalten wollte und für eine Weile sogar das Kratzen in meinem Hals vergaß. In die Freude und das Lachen jenes Abends hinein rief Eva, so als wäre es nichts, oder womöglich eine gute Idee, oder einfach ein Vorschlag für einen schönen, belanglosen Familienausflug: »Kinder, Arne, Lotta, wollt ihr Ingo nicht einfach Papa nennen!?« Und Ingo stieg sofort darauf ein und jubelte wie ein Kind auf einer Geburtstagsfeier. Die beiden gaben wieder eine ihrer Vorstellungen. Die Kinder sagten nichts und spielten einfach weiter. Ich lachte auch und spürte im ersten Moment gar nicht, dass der Schlag gesessen hatte, wie der Schlag schmerzte, im Bauch, tief unten, da wo wir alle herkommen. Dass sie das einfach so hinausposaunte, ohne mit mir vorher darüber gesprochen zu haben. Sie, die die Kinder ausgetragen hatte, sie, die ohne Zweifel die biologische Mutter war und er der biologische Vater, und ich, die ich ohne Zweifel die andere Mutter dieser Kinder war. Mir wurde schlecht. Ich dachte erst wegen des Essens, weil ich manchmal keinen Fisch vertrage. Das geht schon wieder vorbei, dachte ich und stimmte in die gute Laune und den Überschwang der beiden ein, ohne zu spüren, dass gerade etwas zu Ende gegangen war: unser Modell, unser Leben, unser Vertrauen, unsere Liebe. Für die Kinder hatte das alles keine Bedeutung, es war nicht mal eine Spielunterbrechung wert, sie hatten keine Ahnung, was das hieß, dass sie Ingo nun *Papa* nennen durften. Den Piratenhauptmann aus ihrem hölzernen Schiff. Als ich später im Bett lag, wurde ich wütend. Ich lag auf dem Rücken und starrte an die Holzdecke unseres Ferienhauses. Eva kam aus dem kleinen Bad und legte sich neben mich. Ich sprach mit der Zimmerdecke.

»Eva, das war nicht okay heute. Das mit Ingo.«

»Was?«

»Dass sie Papa zu ihm sagen sollen.«

»Ach, das habe ich nur so gesagt, die Kinder wissen doch gar nicht, was los ist, für sie bleibt Ingo einfach Ingo.«

»Nein. Ab heute ist er ihr Papa.«

»Aber doch nur so.«

»Das gibt es nicht: Nur so. Sie werden es im Kindergarten sagen, in der Schule, bei deinen Eltern, überall. Und irgendwann werden sie fragen, ob es stimmt.«

»Dann erzählen wir es ihnen. Wo ist denn das Problem?«

»Ich bin das Problem.«

»Ach, Ada!«

»Ich bin raus.«

Sie knipste sofort das kleine Licht auf ihrem Nachttisch an. Die Birne flackerte. Sie beteuerte mir ihre Liebe und sprach von meiner Rolle als *Mama*. Dass wir beide die Eltern seien, niemand sonst. Dass uns das keiner nehmen könne, auch nicht Ingo und nicht die Leute draußen, und für die Kinder sei das sowieso klar. Ich konnte nichts mehr sagen. Es war, als fluteten ihre Worte mein Inneres hinweg. Ich fühlte mich leer und kaputt. Am nächsten Morgen war das Gefühl immer noch da.

Nach den Ferien fing Eva wieder an zu arbeiten. Sie fuhr vier Tage die Woche in die Klinik und nahm Lotta morgens mit in die Schule. Ich brachte Arne etwas später in den Kindergarten und fuhr dann weiter mit der U-Bahn in die Beratungsstelle. Ich arbeitete nur noch drei Tage die Woche. Die restliche Zeit kümmerte ich mich um die Kinder. Der Alltag war ein gefräßiges Tier. Es saugte uns die Kraft und die Fröhlichkeit aus den Gliedern und wurde immer mächtiger. Auch wenn wir unser Zusammenleben ziemlich professionell verwalteten, saß die Enttäuschung in mir und verkleidete sich täglich aufs Neue. Mal als Müdigkeit. Mal als Unlust, mal als Putzfimmel und immer öfter als Wut. Ich war wütend. Auf Eva. Auf die Kinder. Auf Ingo. Auf meine Chefin, auf meine Klienten. Auf die anderen Eltern. Auf alles und jeden. Wenn Lotta keine Lust hatte, ihre Hausaufgaben zu machen, schrie ich sie an, wenn Arne krank war und ich zu Hause bleiben musste wegen irgendeines blöden Infekts, dann ließ ich ihn meinen Frust spüren. Ich erschrak vor mir selber, immer öfter, ich versuchte meine Wut bei mir zu behalten, aber es gelang mir einfach nicht. Ich packte den Kleinen an den Armen, wenn er nicht essen wollte, ich sperrte ihn in sein Zimmer ein, wenn er seine Spielsachen rumliegen ließ, ich machte ihm absichtlich viel zu heißen Tee, damit er sich beim Trinken den Mund verbrannte. Ich war so sauer, dass ich andauernd irgendjemandem wehtun musste. Einmal stand ich in unserem Flur vor dem Spiegel und betrachtete mein Gesicht. Meine Lider waren rot, der Stress, dachte ich, das geht schon wieder vorüber. Ich erzählte Eva nichts von meiner Wut, nichts von meinen täglichen Streitereien mit den Kindern. Ich entschuldigte mich jedes Mal bei ihnen und wir umarmten uns oder kuschelten eine Zeit lang auf dem Bett und alles war wieder gut. Nur der Hühnerknochen. Der steckte immer noch in meinem Hals. Ich ertappte mich bei dem Gedanken, dass Eva ihn gar nicht herausgezogen, sondern ihn nur so geschickt bewegt hatte, dass er da immer noch drin war in meiner Speiseröhre, aber kaum merklich, nicht mehr lebensbedrohlich, zumindest nicht akut. Ich musste mich wegen des Knochens nicht mehr andauernd räuspern. Das hatte sie gut hinbekommen. Sie war schließlich Ärztin, dachte ich, sie wüsste schon, wie man so was macht. Ich fragte mich, worauf Eva wartete. Irgendwann würde etwas Schlimmes passieren, da war ich mir sicher. Ich fragte mich das ernsthaft, für einen Moment, und dann vergaß ich es wieder.

Gerade steckte ich mir den letzten Bissen des Sesamkringels in den Mund, da klopfte es an meiner Bürotür. Ich schaute auf die Uhr. Der erste Termin war schon in fünf Minuten, ich war noch gar nicht vorbereitet. Ich kaute, starrte, stand da und gab mit vollem Mund einen zustimmenden Laut von mir. Es war meine Chefin. Was will die denn jetzt, dachte ich. Sie kam herein und schloss die Tür hinter sich. Sie sah müde aus. Das Gesicht war wieder an seinem Platz, notdürftig befestigt.

»Darf ich kurz?«, fragte sie.

»Klar.«

»Eva hat angerufen. Gestern Nachmittag.«

»Bei dir?«

Sie sei auch erstaunt gewesen, sagte sie. Eva habe ihr erzählt, dass ich die Kinder schlage. Sie werde heute Vormittag mit Lotta und Arne die gemeinsame Wohnung verlassen und ich solle mich darauf einstellen, dass ich die Kinder vorerst nicht mehr zu sehen bekäme.

»Ada, was ist da los? Stimmt das?«

Meine Chefin verschränkte ihre Arme vor der Brust. Ich kaute immer noch. Sie schlug mir vor, ein paar Tage freizunehmen. Was Chefinnen einem in solchen Situationen so anbieten. Sie teilte mir mit, dass sie meine Termine für diesen Tag bereits abgesagt habe. Ich könne so nicht therapeutisch arbeiten. Alles fühlte sich plötzlich falsch an. Ich schrie meine Chefin an. Sie solle sich raushalten. Das sei alles eine einzige Lüge und ein abgekartetes Spiel. Alles habe mit diesem Hühnerknochen im Hals angefangen.

»Ada, du brauchst Hilfe«, sagte sie in ihrem arrogantesten Ton. Ihr Gesicht verschwamm zu einer käsigen Masse. Sie war wirklich hässlich.

»Ich bin eben nur eine Ameise«, sagte ich und umarmte meine Chefin. Ich drückte so fest zu wie ich nur konnte. Die Lüge quoll aus ihr heraus. Sie roch nach Schweiß und Zigaretten. Sie befreite sich aus meiner Umarmung. Ich versuchte ihr zu erklären, dass ich das alles vorausgesehen hatte, dass sie sich keine Sorgen machen müsse, Eva habe die Situation noch nicht ganz verstanden. Mir wurde schwindelig. Es war wirklich heiß. Ich zog mein Hemd aus. Und die Schuhe. Meine Chefin bat mich, endlich nach Hause zu gehen. Sie war nervös. Es schien, als hätte sie Angst vor mir. Das hatte Eva also erreicht. Ich stopfte mein Hemd und die Schuhe in meinen Rucksack, und plötzlich durchströmte mich eine Art guter Laune, die ich lange nicht mehr verspürt hatte. Ich erklärte meiner Chefin, dass sie sich keine Sorgen machen sollte, dass ich mit Eva reden, dass sich alles in Wohlgefallen auflösen würde, dass ich niemanden so sehr liebte wie meine Kinder und meine Frau. Eva habe in letzter Zeit massive seelische Probleme gehabt, aber sie habe sich geweigert, der Sache ins Auge zu sehen. Das könne auch an ihrem Kontakt zu Ingo liegen, Ingo sei nicht zu trauen, er habe sich in den letzten Jahren rapide verändert. Ich vermutete schon länger, dass Ingo einer Vereinigung von Männern angehörte, die nichts Gutes im Schilde führte. Nun fiel es mir wie Schuppen von den Augen. Aber darauf wollte ich nicht näher eingehen. Ich konnte ja nicht wissen, mit wem meine Chefin unter einer Decke steckte. Sie sollte Geduld haben, ein paar Tage, dann sei alles wieder im Lot. »Geh zum Arzt«, sagte meine Chefin. Sie brauche eine Krankmeldung für die nächsten Tage. Zu welchem Arzt, dachte ich, Ingo ist Arzt, Eva ist Ärztin, sie waren bestens vernetzt mit all den anderen Ärzten, die gerade dabei waren, mir meine Kinder wegzunehmen. Ich versicherte meiner Chefin, dass ich mich schleunigst um alles kümmern würde. Ich bot ihr ein freundschaftliches *High Five* an, aber sie hob die Hand nicht. Mir kam der Gedanke, dass auch sie an diesem Spiel beteiligt war. Ich ging raus auf die Landwehrstraße, es war glühend heiß, der Verkehr laut, die Leute rannten durcheinander, alle liefen um mich herum, niemand nahm mich zur Kenntnis, aber das konnte eigentlich nicht sein. Sie taten alle so, als ob sie von mir und meiner Geschichte nichts wüssten. Wenn ich jetzt einen von ihnen zur Rede stellte, dann würde er behaupten, ich sei übergeschnappt. Na gut, dachte ich, den Gefallen tue ich euch nicht. Ich lief zum Hauptbahnhof, den gleichen Weg zurück, den ich vor einer Dreiviertelstunde gekommen war. Auf dem Weg fiel mir eine Mappe mit Zetteln auf den Gehsteig. So ein nervöser Typ mit schwarzen Haaren half mir, die Blätter einzusammeln. Ich hatte keine Zeit, alles auf Vollständigkeit zu überprüfen, wahrscheinlich hat er die Unterlagen abfotografiert. Es war schwer, noch irgendetwas geheim zu halten. Jeder hatte so ein Gerät, mit dem er in Sekundenschnelle alles abfotografieren oder scannen konnte, was er wollte. Man konnte dagegen nichts tun. In der Wandelhalle blieb ich am Zugang zu Gleis 14 stehen. Die Sache mit den Masken. Alle Menschen, die einen Zug betraten, trugen eine Maske vor dem Gesicht. Der nächste ICE nach Hamburg sollte in zwanzig Minuten abfahren. Ich zückte mein Telefon und buchte ein Ticket. Das muss jetzt sein, dachte ich, ich würde in Hamburg den Ursachen für diese Entwicklung auf den Grund gehen. Ich ging auf den Bahnsteig und blieb in der Raucherzone stehen. Ich schnorrte mir eine Zigarette und inhalierte ein paarmal. Die erste Zigarette seit zwölf Jahren. Mir wurde schlecht. Ich sah mir den Typen, der mir die Zigarette gegeben hatte, genau an. Lucky Strike, Scherzkeks. Er schaute zu mir hin und ich vermutete, er wartete nur darauf, dass ich ohnmächtig werden würde. Den Gefallen wollte ich ihm nicht tun. Ich machte die Zigarette aus und steckte sie als Beweisstück in meine Hosentasche. Der Zug rollte ein. Ich nahm die erstbeste Tür. Nur weg von hier, dachte ich und streifte durch die klimatisierten Abteile. Ich setzte mich in die erste Klasse direkt hinter dem Zugrestaurant. Auf dem Weg nahm ich mir eine Tageszeitung. Die Überschriften waren vielsagend. Auch wenn sie mir noch nicht restlos verrieten, was eigentlich gespielt wurde. Der Präsident der Ärztevereinigung verlangte mehr Unterstützung für die Kliniken. Klar, dachte ich. Sie sind dabei, die Macht zu übernehmen. Draußen verglühte die Landschaft in atemberaubendem Tempo. Der Zug war fast leer. Dem Schaffner zeigte ich wortlos mein Handyticket. Er scannte alles ein. Plötzlich klingelte das Telefon. Der Schaffner erschrak und bedankte sich. Ingo versuchte, mich zu erreichen. Ich stellte das Gerät leise und schaltete die Ortung aus. Ich dachte an die Kinder und bekam es mit der Angst zu tun. Was würden sie ihnen antun? Aber langfristig konnte ich ihnen nur helfen, wenn ich mich selbst erst einmal in Sicherheit brachte. Ich wunderte mich wirklich, warum in diesem Zug so wenig los war. Es war Sommer, Reisezeit. Ich fuhr alleine durch die Landschaft, und in jeder Stadt stiegen ein paar getarnte Leute zu. Niemand traute sich, mein Abteil zu betreten. Ich starrte aus dem Fenster. Sie sollten mich nicht erkennen. Ich schwitzte. Es leuchtete mir schlagartig ein, warum man die Fenster in diesen Zügen nicht mehr öffnen konnte. Irgendwann schlief ich ein. Kurz vor Hamburg wachte ich wieder auf. Ich stieg *Dammtor* aus, damit ich denen nicht gleich in die Arme lief. Sicher dachten sie, ich würde *Hauptbahnhof* aussteigen, weil ich all die Jahre, in denen ich fast monatlich nach Hamburg gefahren war, immer *Hauptbahnhof* ausgestiegen war. Und da sie mich gründlich beobachtet hatten, war ihnen das klar. Ich sah ein paar Typen, die als Junkies verkleidet auf mich zukamen. Sie wollten irgendwas von mir. Verpisst euch, zischte ich ihnen entgegen. Ich lief die Treppen runter. Auf der Holstenstraße versuchte ein Lieferwagen, mich zu überfahren. Mit Mühe und Not erreichte ich den Mittelstreifen. Ich wollte das alles nicht mehr. Sollen sie mich doch mitnehmen, dachte ich plötzlich. Vielleicht kriege ich dann meine Kinder wieder zu Gesicht. Ich lief auf dem Mittelstreifen Richtung Reeperbahn. In Hamburg war es noch heißer als in München, ich zog meine Hose aus und das Unterhemd. Zum Glück hatte ich am Morgen diese schöne, sandfarbene Unterhose angezogen. Es fühlte sich gut an, frei, jetzt konnte mich niemand mehr erkennen. Ich hielt ein paar Autos an und die Leute glotzten durch ihre schusssicheren Schutzscheiben, als wäre ich ein seltenes, gefährliches Tier und sie auf einer Safari. Ich bin eine Ameise, schrie ich, eine Ameise. Ich hörte ein Martinshorn. Es wurde unerträglich laut. Ich schrie. Tatsächlich. Ein Polizeiwagen kam angefahren und bremste auf der gegenüberliegenden Fahrbahn. Die also auch, dachte ich und war nicht im Mindesten erstaunt. Es erfüllte sich alles genau so, wie ich es vorausgesehen hatte. Die Polizisten kamen auf mich zu. Ich hatte keine Waffen, nur meine Fäuste und meine Füße. Die Polizisten waren wie Maschinen. Sie drückten mich zu Boden und verkeilten meine Arme hinter meinem Rücken. Sie fragten nicht mal, was los war. Mussten sie auch nicht. Sie gehörten ja dazu.

2

We're all learning to trust our bodies, making peace with our own distortions.

ARLO PARKS *Collapsed in sunbeams*

HERZNEUROSE

DAS SCHLAUCHBOOT WAR SCHROTT. Und peinlich. Wie soll man denn bitte schön mit so einem Ding die Isar runterkommen. Das habe ich gleich gesagt, da setz ich mich nicht rein, nicht in so eine ausgeleierte Scheißwanne. Die Leute lachen sich doch kaputt über uns. Sitzen da fünf Schwarzköpfe in so einem billigen Drecksteil und bleiben an jedem Ast hängen, und dann diese Ruder, schau die dir doch mal an, das ist nicht dein Ernst, habe ich zu Sokol gesagt, mit dem Ding kannst du nicht mal lenken, nix kannst du damit, das ist das billigste Schlauchboot, das ich je gesehen habe. Ohne mich, ich setz mich da nicht rein, ich bin doch kein Vollidiot. Diese ganzen anderen Typen da, klar, die fahren den Fluss runter, weil sie besoffen sind, total zugedröhnt, aber nüchtern, das hält doch kein Aas aus, fünf Muslime auf einem Schlauchboot, das hört sich an wie ein Witz. Ein ganz übler Joke, und jetzt komm mir nicht mit Team Building und so einer Scheiße, ich will das nicht, ich bin wasserscheu, ich habe mit fünf das letzte Mal in so einem Ding gesessen. Und das ist nicht gut ausgegangen. Mein Vater hat seine Scheißbrille verloren, mein Onkel hat sich die Eier gequetscht und ich bin seitdem wasserscheu. Das war in Bosnien in irgendeinem Fluss im Sommer, als wir da waren, Verwandte besuchen. Ich dreh durch, wie komme ich jetzt wieder raus aus der Nummer. Das ist was für Lederhosen und Männergesangsvereine, aber nicht für mich. Da sind andere Typen, die haben richtige Boote, so riesige Raftingteile, damit kannst du fahren, aber nicht mit dieser Schleuder für Neunundreißigachtzig vom *Netto*. Warum, frag ich mich, müssen wir uns hier zum Idioten machen, wo doch alles so schön sein könnte. Warum müssen wir schon wieder jedes dreckige Klischee erfüllen, das es zu erfüllen gibt. Schau dir das mal an, wie wir aussehen. Wie so eine Horde Salafisten mit hochgekrempelten Hosenbeinen und zauseligen Bärten. Ich wette, die Hälfte von uns kann nicht mal schwimmen, aber jetzt schön die Isar runter mit dem Schlauchboot, das macht Spaß, hat Sokol gesagt, glaub's mir, ich habe gedacht, du Arsch, du kannst mir viel erzählen, wenn der Tag lang ist, wenn ich das gewusst hätte, wäre ich gleich zu Hause geblieben, dann könntest du deine blöde Jugendgruppe selber leiten, ich habe das zugesagt, weil ich was für die Jungs tun will, für die Kleinen, die da jede Woche hinkommen, weil ihre Eltern sie da hinschicken, weil sie glauben, dass sie da was lernen, bisschen Anstand, bisschen Gruppe und so ein Gedöns, aber dann kommt dieser Typ und sagt, Leute, am Samstag machen wir einen Gruppenleiterausflug. Bringt gute Laune mit, ihr erfahrt erst am Samstag, wo es hingeht, wir fahren ein Stück mit dem VW-Bus und dann machen wir was Geiles, das hat er echt gesagt, *was Geiles*. Sokol, du alter Sozpäd. Das hat er aus dem Erlebnispädagogik-Seminar. Verfluchte Scheiße, damit soll er mich in Ruhe lassen, ich setz mich nicht in dieses Schlauchboot, sei es noch so heiß, warum bin ich bloß in diesen Bus gestiegen, wir hätten uns so einen schönen Tag machen können, schön auf der Schwanthalerstraße sitzen, bisschen Tee, bisschen Shisha, bisschen quatschen, da lernt man sich auch kennen, dazu muss ich doch nicht in die Natur, was für ein Blödsinn, ich weiß schon, warum ich Jura studiert habe und nicht so einen Freizeitpsychokack, Mensch Sokol, warum tust du mir das an, ich fasse es nicht, was soll ich bloß machen, ich will mir jetzt auch keine Blöße geben vor den anderen, ich hätte da nie einsteigen dürfen, nie. Su, hol mich hier raus, ruf jetzt an und sag, dass du einen Unfall hattest und ich sofort nach Hause kommen soll, dass wir ins Krankenhaus müssen, gebrochenes Bein, die Wehen, die Wehen setzen ein, bitte, was weiß ich, bitte Su, ruf an, jetzt, ich schreibe Su auf WhatsApp, hol mich hier raus, jetzt, denk dir was aus, sie antwortet prompt, stell dich nicht an, sagt sie, das wird nett, das wird nett, das schreibt sie, sie versteht gar nichts, Su, meine Frau, auf die ist kein Verlass mehr, ich werde stinksauer, ich schicke ihr ein Totenkopf-Emoji, ich bereue es sofort, dass ich ihr das Ding geschickt habe, was für ein taktloser Waschlappen ich doch bin, Susanne, schreibe ich, sorry, das wollte ich nicht, es kommt nichts mehr, doch da ein Herz, ich bin erleichtert, aber ich muss jetzt handeln, die Jungs steigen alle ein, ich muss noch mal in die Hecken, rufe ich denen zu, sie lachen, du hast dir doch eh schon in die Hosen gemacht, ruft Fathi mir hinterher. Ich zeige ihnen den Stinkefinger und stelle mich hinter eine Hecke am Ufer und tue so, als müsste ich pinkeln. Ich kriege nicht mal den Reißverschluss auf, ich zittere wie ein Rochen. Mein Herz rast. Es fühlt sich an, als würde gleich meine Brust platzen, mir wird schwindelig und schlecht, ja Mann, schlecht wird mir, so was von schwindelig. Ich setze mich auf einen Stein und stütze den Kopf in die Hände. Wird immer schlimmer. Die Jungs grölen und lachen. Meine Schläfen pochen. Los jetzt, aufstehen, hingehen. Ich muss mich wieder setzen, es ist, als würde ich auf dem Wasser gehen, alles schwankt, verdammt, ich setze mich wieder, ich bin nicht Jesus, ich bin nur ein armes Schwein, dem gerade das Herz in die Hose rutscht, ich trinke noch einen Schluck, stehe auf, muss mich sofort wieder setzen. Plötzlich steht Sokol neben mir und legt seine Hand auf meine Schulter. Ich höre noch, wie er fragt, was los ist, im Hintergrund höre ich die Jungs, ich sehe alles sehr verschwommen, eine graue Gardine schiebt sich von oben vor mein Augenlicht, es fühlt sich an, als sänke mein gesamtes Blut in meine Füße, der Kopf ist leer, aus die Maus. Als ich wieder aufwache, liege ich auf dem Rücken, ein maskierter Typ mit einer orangen Jacke kniet neben mir und hält meine Hand. Es pfeift in meinen Ohren, ich bin so glücklich, dass ich nicht in einem dieser scheiß Schlauchboote gelandet bin. Da merke ich, dass ich auf einer Trage liege, zwei Typen heben mich samt Pritsche hoch und bringen mich zu einem Krankenwagen, der auf dem Weg gleich an der Böschung steht. Die Jungs sagen Sachen wie *wird schon wieder* oder *alles wird gut*. Sokol ist blass. Ruf Su an, denke ich, aber ich kriege kein Wort raus. Mein Hals ist trocken. Sie schieben mich in den Wagen rein und los geht's. Ich höre das Martinshorn und schaue den Notarzt an. Und jetzt?, frage ich und er lächelt und sagt: Sie haben das Bewusstsein verloren, Ihr Blutdruck ist sehr hoch, Ihr Herz rast, haben Sie irgendwelche Vorerkrankungen, fragt er und ich denke kurz nach und mir fällt nichts ein. Ich schüttele den Kopf. Sterbe ich jetzt, frage ich ihn, aber er lacht und sagt, nein, so wie es aussieht, sterben Sie nicht, jedenfalls nicht heute, wir bringen Sie jetzt mal ins *Rechts der Isar* und dann werden Sie untersucht. Machen Sie sich keine Sorgen. Ich habe eine Nadel im Arm. Durch einen Schlauch läuft irgendwas in mich rein, Su wird sich wundern, denke ich, Su ist Ärztin, aber sie ist zu Hause, weil wir ein Kind erwarten. Es ist bald so weit, nur noch ein paar Wochen, Su macht gerade ihren Facharzt als Internistin, na, die wird staunen, *Rechts der Isar*, ich starre an die Decke des Krankenwagens, mir ist schlecht. Hoffentlich muss ich nicht kotzen, gefährlich, denke ich, dann ersticke ich, das Martinshorn geht aus, der Wagen wird langsamer, die Türen gehen auf, sie rollen mich raus in einen Aufnahmeraum, der Notarzt verabschiedet sich von mir, ein anderer Arzt kommt, sie testen mein Herz, meinen Blutdruck, sie reden mit mir. Alle wirken irre entspannt, dann schieben sie mich in ein Zimmer, wo noch zwei andere Typen liegen, der eine, ein Schwarzer, stöhnt wahnsinnig laut, der andere liegt auf der Seite und dreht uns den Rücken zu. Der Raum ist notdürftig mit ein paar blauen Fetzen unterteilt. Sie geben mir eine Infusion, gegen die Übelkeit, Herz ist in Ordnung, sagt der Arzt, der auf einmal ziemlich gestresst wirkt, er sagt, Sie brüten wahrscheinlich was aus, einen Infekt, Magen-Darm vielleicht, Ihr Kreislauf, ich schlage vor, Sie bleiben jetzt noch ein paar Stunden hier und dann gehen Sie nach Hause, haben Sie Familie, ja, sage ich, meine Freundin, sie kann mich abholen. Der Arzt setzt sich zu dem Schwarzen ans Bett. Ihre Schmerzen sind von der Leber, sagt er, und die Bauchspeicheldrüse, verstehen Sie mich, nein, er versucht es auf Englisch, Yes Sir, English, please, better English. Pancreas, there is something wrong with your pancreas and your hepatic, erklärt er ihm. Was er gegessen habe. What did you eat yesterday? Getrunken. Yes drinking, sagt der Mann. Der Arzt erklärt ihm, dass er dableiben muss, dass er gleich verlegt wird, wir müssen noch weiter untersuchen, der Mann fängt an zu weinen, wie ein Kind, er krümmt sich, er hat sein Handy in der Hand, es klingelt, ein Angehöriger, er redet laut, der Arzt bleibt einfach sitzen und starrt an die Wand, als nähme er eine kleine Auszeit, der Mann hört auf zu telefonieren, der Arzt sagt dem Mann, dass sie sich um ihn kümmern werden. Dann geht er wieder. Der Mann wimmert, und alle paar Minuten stöhnt er laut auf. Und dann schlafe ich irgendwann ein. Als ich aufwache, sitzt Su da mit ihrem dicken Bauch, ihre Augen sind total verheult. Der Schwarze ist weg. In dem Moment kommt eine Schwester und hält mir einen Zettel hin, den ich unterschreiben soll, dass ich auf eigenes Risiko das Krankenhaus verlasse, ich unterschreibe, lächle und stehe auf. Sie wünscht mir alles Gute. Gehen Sie zum Hausarzt, ruft sie mir nach, alles klar, antworte ich, wird gemacht, ich bin müde, aber mir geht es gut, ich bin so erleichtert, dass ich um die Bootsfahrt herumgekommen bin. Wir schlurfen ganz langsam in die Eingangshalle des Krankenhauses. Ich krame mein Handy aus der Jackentasche. Su streckt ihre Hand aus. Ich starre sie an. Gib's mir, sagt sie, gib mir das Handy, du musst da jetzt nicht draufgucken. Ich gebe es ihr und wundere mich keine Sekunde. Wir gehen raus zum Parkplatz, da steht unser Golf. Kannst du fahren, frage ich Su, ja, sagt sie und lächelt, ich komme noch hinter das Steuer, nicht mehr lange, aber grade geht's noch, ich halte ihr die Tür auf und sie quetscht sich umständlich auf den Fahrersitz, ich muss lachen, Su mit ihrem dicken Bauch in diesem kleinen Auto, ich gehe um das Auto rum und steige ein. Was war los, fragt Su, als ich sitze. Ich weiß es nicht, antworte ich, mir war schlecht, ich hatte Herzrasen, die Brust, ich habe gedacht, ich ersticke. Und dann war ich weg. Morgen gehe ich zu unserer Hausärztin und lass mich checken, der Arzt im Krankenhaus meinte, es sei vielleicht ein nahender Infekt. Su lässt den Wagen an und fährt auf die Ismaninger Straße. Zu Hause legst du dich hin, sagt sie. Ich bin so froh, dass du okay bist, der Kleine hier drin übrigens auch. Es war wegen diesem scheiß Schlauchboot, ich hatte solche Angst, in dieses Boot zu steigen, kannst du dir das vorstellen, ich wollte da partout nicht rein, habe ich dir schon mal von Onkel Arslan erzählt und unserer Bootstour in Bosnien, ich glaube nicht, das war der Horror, daran muss ich denken, Arslan lebt nicht mehr, er ist im Krieg, du weißt schon. Ich merke, dass ich nicht weiterreden kann. Ich starre auf die Straße und lege die Hände auf die Beine. Ich weiß auch nicht, sage ich, alles ein bisschen viel grade, auf der Arbeit, die Jugendgruppe, das Kind, Su, ich habe die ganze Zeit an dich gedacht, ich freue mich so sehr auf unser Kind. Ich will für dich da sein. Immer. Aber ich will nie wieder in so ein Boot steigen, ich hatte solche Angst, ach was, das war ein Kreislaufkollaps, das war der Kreislauf, das kommt schon mal vor, sagt Su und biegt in unsere Straße ein. Wir gehen hoch in die Wohnung und ich lege mich aufs Sofa. Su ruft bei unserer Ärztin an. Du kannst morgen früh gleich kommen, sagt sie, draußen wird es schon dunkel, ich lege mich ins Bett und schlafe ein. Am nächsten Morgen gehe ich in die Praxis. Die Ärztin macht ein EKG. Wir scherzen ein bisschen, und dann schaut sie sich den Ausdruck mit den Kurven an und sagt, dass das komisch aussieht, sie ruft bei einem Kardiologen in der Nachbarschaft an und fragt, ob ich gleich mal vorbeikommen kann. Sie bleibt ganz ruhig, lächelt, unser Gerät hier, das spinnt manchmal, es ist besser, du gehst noch mal zum Kollegen, sie schreibt mir die Adresse auf, drei Straßen weiter, mach dir keine Sorgen, nur so zur Kontrolle, unser Gerät hier, das ist so alt, weißt du, ich werde nervös und ziehe meine Jacke an, ja ist schon klar, ich bin ganz cool, sage ich, ich gehe raus in die Hitze und habe das Gefühl, es geht schon wieder los, ich schwitze, mein Puls, ich bleibe kurz stehen und kontrolliere meinen Herzschlag an der linken Hand, ich schaue auf die Stoppuhr meines Telefons, fünfzehn Sekunden, mal vier, hundert, alles im grünen Bereich, denke ich. Da ist der Eingang zum Kardiologen, der Arzt heißt Wiltfeuer, tatsächlich, Wiltfeuer, ich gehe in den Flur, drücke die Klingel zur Praxis, ich sage meinen Namen und die Sprechstundenhilfe nickt und lächelt, ja, gehen Sie gleich mal durch, Zimmer Nummer drei, sagt sie, der Doktor kommt gleich. Ich sitze da in einem Behandlungszimmer, an den Wänden sind anatomische Zeichnungen von inneren Organen. Es ist nicht ganz klar, ob das Kunst sein soll oder ob das alter Kram ist, da kommt der Arzt, ein älterer Typ, riesengroß mit Halbglatze und weißem Kittel, er streckt mir die Hand entgegen, ach nein, das machen wir ja nicht mehr, sagt er, das Virus, er setzt sich hinter seinen riesigen Tisch und schaut sich die Kurven der Hausärztin an. Er sieht mich an und fragt, ob es mir gut gehe, ich sage, dass es mir supergut geht, er schaut wieder auf die Kurven, und dann sagt er, dass das aussehe wie ein Herzinfarkt, aber wenn es Ihnen gut geht, ist das die Hauptsache, kein Grund zur Panik, sagt er und lacht, wir machen jetzt mal ein paar Tests, ich bleibe ganz ruhig und wundere mich über mich selbst, ich denke an Onkel Arslan und seinen Schnurrbart, einmal hat er zu mir gesagt, dass es nicht darauf ankomme, mutig zu sein, es komme darauf an, ruhig zu bleiben, das habe ich damals nicht verstanden, ich war acht, keine Ahnung, warum er das zu mir gesagt hat damals, wirklich keine Ahnung, Arslan war Bibliothekar, er war kräftig und groß und hatte überall am Körper Haare, er sah nicht aus, wie man sich einen Bibliothekar vorstellt, eher wie ein Handwerker, ein Bauarbeiter oder so was, aber Onkel Arslan konnte ganze Gedichtbände auswendig rezitieren, ich glaube, er kannte alle Bücher aus der Bibliothek, in der er arbeitete. Aber irgendwann hat er gedacht, dass ihm die Bücher nicht mehr weiterhelfen, und ist in den Krieg. Und dann war er weg. Ich sitze inzwischen auf einem Ergometer und fahre Fahrrad. Mein Oberkörper ist komplett verkabelt, die Schwester steht in einer Ecke des Raumes und schaut ab und zu auf das Gerät. Sie haben aber eine gute Kondition, sagt sie, ich bin Läufer, verrate ich ihr, ich laufe jede Woche sechzig Kilometer, ah, Marathon, sagt sie, mein Vater ist auch so ein Verrückter, der läuft und läuft und läuft, und ständig will er, dass ich mit ihm komme, aber das ist nicht so mein Ding, ich mach das nur so, sage ich, ohne Wettkampf, zum Ausgleich, nach einer halben Stunde sind wir so weit, die Schwester nimmt die Pfropfen ab, ich habe überall rote Kreise auf der Haut, Sie können sich wieder anziehen, und dann bitte in Zimmer fünf, der Doktor kommt gleich zu Ihnen, Wiltfeuer braucht nicht lange, super organisiert hier, denke ich, wir sind jetzt in einem halb abgedunkelten, schlauchförmigen Raum, ich liege auf einer Pritsche und Wiltfeuer macht eine Ultraschalluntersuchung. Das Herz, die Schlagadern am Hals, er nimmt sich Zeit und murmelt die ganze Zeit irgendwas, dann legt er die Ultraschallpistole weg, stützt seine Hände auf die Beine und holt tief Luft. Also, so wie es aussieht, wenn ich das

Belastungs-EKG sehe und diese Untersuchung, Ihr Herz, Ihre Arterien, das Labor, dann kann ich Ihnen sagen, nach menschlichem Ermessen, wenn Sie so weitermachen, dann werden Sie mindestens neunzig, Sie sind kerngesund, Ihnen fehlt nichts, jedenfalls nicht am Herzen. Aber ihre Attacke und das EKG der Kollegin, das ist seltsam. Aber das gibt es manchmal. Ihr Körper spielt Ihnen etwas vor. Ein Schauspieler. Ihr Körper will Ihnen etwas sagen. Ich verstehe nicht, was Wiltfeuer meint. Er steht auf und sagt, dass ich mich anziehen kann. Er will gehen. Aber was will mir mein Körper denn sagen, frage ich. Das kann ich Ihnen nicht beantworten, das können Sie nur selbst. Wiltfeuer sagt, es gibt da so ein Wort. Aber was sind schon Wörter. Er schließt die Augen. Dann schaut er mich an, als wäre ich ein Insekt, das es zu untersuchen gilt. Sie wissen doch selbst am besten, wie Sie sich fühlen, nehme ich an, Sie ahnen, was schiefläuft. Er wartet auf eine Reaktion. Ich starre ihn an. *Herzneurose*, sagt er und lächelt. Das ist so ein Wort, das ein Kollege erfunden hat, um das zu beschreiben, womit wir es hier zu tun haben, *Herzneurose.* Er spricht das Wort ganz genüsslich aus. Er betont das Herz und teilt die Neurose in Neu und Rose. Aber das beschreibt nichts. Es ist viel zu kompliziert, als dass wir es in Worte fassen könnten. Wiltfeuer schüttelt den Kopf. Wissen Sie, in meiner Praxis habe ich gelernt, dass wir auf Wörter nichts geben können. Sie sagen ein Wort und schon haben Sie gelogen. Was ist ein Herz? Mit keinem Wort dieser Welt können Sie das einfangen. Was ein Herz ist. Aber die Menschen geben sich zufrieden mit so einem Wort. Um den Preis, dass das, was wir wissen und fühlen, viel mehr ist als der Begriff, den wir uns machen. Sie sind ein Mensch. Sie haben eine Geschichte. Und Ihre Organe. Irgendwie hängt das alles miteinander zusammen, aber bitte, fragen Sie mich nicht *wie*. Ihr Körper hat Ihnen einen Infarkt vorgespielt, so ein Schlawiner, seien Sie ihm dankbar, zahlen Sie ihm eine gute Gage, Schauspieler wollen beachtet werden, pflegen Sie ihn, er ist sehr begabt, und jetzt machen Sie's gut, ich muss zu meinen Patienten. Wiltfeuer sagt das alles fast regungslos, neutral, resigniert fast. Er will durch die Tür verschwinden, bleibt kurz stehen, wartet eine Sekunde, dreht sich noch mal um. Er sieht müde aus. Er schaut mich an. Sagt nichts und geht raus. Mein rasendes Herz, so klug, denke ich, knöpfe mein Hemd zu, nehme die Jacke vom Haken und gehe zur Anmeldung. Die junge Frau hinter dem Tresen drückt mir einen Umschlag mit den Befunden in die Hand und wünscht mir alles Gute. Ich verlasse die Praxis und stehe draußen auf der Straße. Ich laufe los Richtung Bahnhof, ich brauche jetzt einen Kaffee. Ich schlendere durch die Fußgängerzone Richtung Stachus, es ist warm, ein wunderschöner Tag, ich ziehe meine Jacke aus und knülle sie in meinen Rucksack. Die Kaufingerstraße ist leer. Am Stachus laufen ein paar Kinder in Unterhosen durch den Brunnen, ich gehe durch die Geschäftspassage im Untergeschoss auf die andere Seite, am Kaufhof vorbei, Matthäser Kino, ich biege in die Schillerstraße ein, in der Sportsbar sitzen ein paar Typen an der Theke, mit Maske, das fällt einem kaum noch auf, diese weißen Masken sind überall, an jedem Arm hängt so ein Ding, ich weiß noch, als wir nach Deutschland gekommen sind, da haben wir in Hamburg auf einem Containerschiff gewohnt mit all den anderen Flüchtlingen aus Bosnien, Kroatien, Serbien, Afrikaner waren da, einmal hatte einer irgendeine scheiß Krankheit, Tuberkulose, ich glaube, es war Tuberkulose, das Wort macht, dass mir ganz kalt wird, und da kamen lauter Ärzte und Schwestern und andere Leute vom Gesundheitsamt und haben uns in Sicherheit gebracht, alle trugen damals diese weißen Masken und ich habe mich gefürchtet als Kind, schon wieder weg, gerade hatte ich mich eingelebt in unserer kleinen Containerwohnung auf dem Wasser, Övelgönne, hätte auch Urlaub sein können, wenn da nicht jeden Abend diese Pöbeleien, Schlägereien gewesen wären, es war laut, die Männer haben rumgeschrien, meine Mutter war alleine mit uns, mein Vater war verschwunden, im Krieg, keine Ahnung, meine Mutter hat nicht mit uns darüber gesprochen, meine Mutter wollte weg von diesem Schiff, sie hatte Angst, jeden Abend hat sie unseren Tisch unter die Türklinke geschoben, obwohl wir gute Schlösser hatten. Sie hatte Angst, dass jemand reinkommt. Meine Mutter hat dann gebügelt und Kleider zusammengelegt, sie hat immer irgendwelche Jobs gehabt, von Anfang an. Ich bin damals in die Schule gekommen, aber dann mussten wir da raus wegen der ansteckenden Krankheit. Und dann sind wir irgendwann nach München, weil hier ein Cousin meiner Mutter gewohnt hat. Hier am Bahnhof sind wir angekommen und ich weiß noch, wie uns die Verwandten abgeholt haben am Bahnhof und wir durch die Schillerstraße gelaufen sind mit unseren Taschen, und dann ist der Cousin mit uns in die Sportsbar und ich habe eine Cola getrunken. Er hat sich in Windeseile ein paar Bier reingezogen. Meine Mutter wollte weiter, ich weiß noch, wie sie immer nervöser wurde, aber der Cousin hat an der Theke gestanden und auf einen der Bildschirme gestarrt, die da überall hängen. Es lief Fußball. Irgendwann hat er sich zu Mutter gedreht und gesagt, dass wir nicht bei ihm bleiben können.

Höchstens eine Woche. Es sei zu gefährlich. Das Wort *gefährlich* hat sich mir eingebrannt. Er hat wirklich auf Deutsch *gefährlich* gesagt, ich habe keine Ahnung, was er damit gemeint hat. Das Wort ist in meinem Kopf seit diesem Tag. Jetzt fällt es mir auf, dass ich mindestens hundertmal am Tag zu mir selbst sage: Es ist *gefährlich.* Immer wieder, wie ein Mantra. Es ist gefährlich. Es ist gefährlich. Es ist gefährlich. Niemand kann es hören. Nur ich selbst. Ich sage es und sage es nicht. Aber es hat gar keine Bedeutung. Der Cousin sitzt in mir drin. Und flucht. So wie er geflucht hat die ganzen drei Tage, als wir in seiner Zweizimmerwohnung in Obersendling untergekommen waren. Meine Mutter hat es dann nicht mehr ausgehalten. Diese gottverdammte Flucherei, hat sie gesagt, ich halte das nicht aus. Und dann hat sie eine neue Bleibe aufgetan. Keine Ahnung, wie sie das gemacht hat. Meine Mutter. Sie war Weltmeisterin im Organisieren. Mir wird schon wieder schwindelig. Ich bleibe stehen. Eine Frau ohne Schuhe, nur im Unterhemd, ansonsten völlig akkurat, Lesbenhaarschnitt, Hose, Schmuck, rempelt mich an. Ihre Tasche fällt runter, es fallen lauter Papiere raus. Sie lacht etwas irre und kramt die Unterlagen zusammen, sie schaut mich an und erzählt mir, dass sie nach Hamburg muss. Dass man ihr die Kinder wegnehmen wolle, dass ich wahrscheinlich auch irgendetwas damit zu tun habe. Ich helfe ihr, die Blätter aufzusammeln. Und sage, dass sie vor mir keine Angst haben muss. Ich sei gänzlich ungefährlich. Das sagen sie alle, meint sie nur und kriecht auf dem Boden rum. Ich halte ihr die Blätter entgegen, die ich ergattern konnte. Irgendwelche Formulare und Berichte. Sie knüllt alles zusammen und stopft es in ihre Tasche. Die Schwerkraft unserer Herzen, sagt sie, das ist die verdammte Schwerkraft unserer Herzen. Dann läuft sie weiter Richtung Bahnhof. Siehst du, denke ich, es gibt immer einen, den es noch härter erwischt. Auch so ein Onkel-Arslan-Spruch. Ich schwitze. *Gefährlich*, denke ich und muss lachen. Ich nehme mir vor, das Wort ab jetzt wegzulassen. Es ist doch klar, wenn ich andauernd sage *gefährlich*, dann fühlt sich alles gefährlich an. Und wenn es gefährlich ist, dann muss ich mich in Acht nehmen. Und wenn ich mich in Acht nehmen muss, dann ist das anstrengend. Auf der Landwehrstraße gehe ich in Nikos Café. Auf der anderen Straßenseite, im Hof, da wo die Garagen sind, ist unser Gebetsraum. Bei Niko gibt es den besten Kaffee. Mann, du siehst frisch aus, sagt Niko, als ich reinkomme. Ich schaue ihn streng und misstrauisch an. Er lacht, ja gut, nicht ganz so frisch. Ich dachte, du brauchst eine kleine Aufmunterung. Er fragt nach Su und dem Kind und ich erzähle ihm, dass es bald so weit ist. Und dass ich mich freue. Und während ich ihm das erzähle, sehe ich Wiltfeuer in der Praxis vor mir stehen. Mann, ich beneide dich, sagt Niko. Frau, Kind, Job, Inschallah. Die Jungs haben mir schon erzählt, was los war am Wochenende. Gott sei Dank geht's dir wieder gut. Ausgerechnet jetzt. So ein Mist. Ich nippe an meinem Kaffee. Niko redet einfach weiter. Ich könnte jetzt rübergehen, denke ich, zum Gebet. Nein, denke ich, heute nicht. Su wartet zu Hause. Sie will wissen, wie die Untersuchung gelaufen ist. Da sehe ich, wie Sokol aus der Einfahrt kommt. Er bleibt kurz stehen, schaut auf den Verkehr und kommt dann zu uns rüber. Er begrüßt mich überschwänglich. Gott sei Dank, sagt er, du bist wieder unter den Lebenden, Mensch, ich habe mir solche Sorgen gemacht. Ich umarme ihn. Ich hoffe, ich habe euch die Bootstour nicht versaut. Ach was, sagt er. Hauptsache, du bist wieder am Start. Ich muss jetzt nach Hause, Su wartet, du weißt schon. Ich lege Niko drei Euro für den Kaffee auf die Theke. Die beiden schauen mich mitleidig an. Ich weiß noch nicht, wann ich wieder Gruppe machen kann, okay, ich melde mich. Sokol geht mir auf die Nerven, dieses scheinheilige Getue, keine Ahnung, was der will, der ist ein Schleimer, denke ich, das Schlauchboot war einfach Schrott, da kann er mir erzählen, was er will. Schrott und peinlich. Ich laufe Richtung U-Bahn und denke an Wiltfeuers Worte. Und ich denke an Onkel Arslan. Es ist gefährlich, denke ich, an den Wörtern zu zweifeln. Mein rasendes Herz, so klug.

3

When you've got reality
Who needs to make up stories?

THE BURNING HELL *Nonfiction*

STADTHONIG

DIE KAMERA NIMMT ALLES AUF. Man sieht die ganze Stadt von hier oben.
An so einem Tag wie heute will ich nicht mehr weg von diesem Dach.
Der Lärm aus den Straßen ein göttlicher Sound.
Du kannst die Hitze hören, das Flirren, die Autos, die Busse, den Presslufthammer.
Du kannst die Schwanthaler hören, die Landwehr, die Goethe, die Schiller, Paul-Heyse.
Hupen, Schreie, Fahrradklingeln, ja sogar Fahrradklingeln.
Hier oben sieht mich niemand.
Niemand sieht mich an.
Niemand sieht durch mich hindurch.
Niemand wendet den Blick ab.
Niemand richtet sein Gewehr auf mich.
Niemand fragt mich, wo ich herkomme.
Niemand glotzt.
Niemand lächelt.
Niemand schmiert mich ein mit seinem schlechten Gewissen.
Keine Hausmeisterin, die die Nase rümpft.
Niemand greift mir ins Haar.
Niemand.

Niemand berührt mich.
Niemand.
Ich bin unberührbar.
Niemand.
Dass ich diese drei Kästen hier hochgekriegt habe, das habe ich nur ihm zu verdanken.
Er hat einfach gesagt, logo, das ist kein Ding, das machen wir nachts, das kriegt doch keiner mit.
Und weil dieses Gefühl in mir drin gesagt hat, los trau dich, los.
Weil die tausend kleinen Nadeln inwendig gestichelt haben und ich kichern musste.
Weil seine Haut.
Sein Geruch.
Alles an ihm.
Weil ich das nicht zugeben wollte.
Diese Zweifel.
Ob.
Und was wenn.
Und falls.
In dieser Hitze.
Das war die schönste Nacht seit Jahren.
Der Himmel war klar.
Die Sterne waren da.
Den Toten.
Den Toten will ich sagen, dass ich sie nicht vergesse, aber.
Es sind so viele.
Ich kann mich nicht an alle erinnern.
Wie, frage ich, wie soll das gehen, ich kann sagen, dass ich mich bemühe.

Mehr geht nicht.
Das war die Nacht der Nächte.
Ich bin jung. Vielleicht zu jung, um so was zu sagen.
Aber im Ernst jetzt, ich glaube nicht, dass es schöner wird.
In diesem Land wird es nicht schöner.
In diesem Land wird es.
Wird es.
Ungemütlich.
Aber die sollen sich was Warmes anziehen.
Heute ist Hanau.
Heute ist Hanau, morgen und übermorgen und gestern und vorgestern.
Jahrestag und Weltzeituhr.
Gott.
In diesem Land ist jeden Tag Hanau.
Ich höre die Schnellfeuerwaffe von unten aus der Landwehrstraße bis hier oben hin.
Da unten sitzen sie alle in ihren Shishabars und Teestuben und Baklava-Läden.
Elektrostrich.
Boardinghouses.
Beratungsstellen.
Gebetsräume.
Kirchen.
Moscheen.
Schwestern, Brüder, Zielscheiben.
Dieser Lampenladen hat mich interessiert von Anfang an.
Als ich in diese Stadt gekommen bin, war Oktoberfest.
Am Bahnhof hat mir einer vor die Füße gekotzt.

Seitdem hat mir gefühlt jeden Tag einer vor die Füße gekotzt.
Meine Mutter hat mir beigebracht, freundlich zu sein.
Wie oft habe ich sie schon dafür verflucht.
Jedes Mal, wenn ich die Kotze wegláchle, jedes Mal, wenn ich mich nicht traue, in die Kotze reinzuspringen, die Kotze überall zu verspritzen.
Ihn zu nehmen beim Schopf und sein feistes Gesicht durch die eigene Kotze zu ziehen, dass er rieche, was ihm zusteht.
Ich habe ein Buch über Ulrike Meinhof gelesen, eins über Deniz Gezmiş, eins über Malcolm X.
Angela Davis.
Zadie Smith.
Ich glaube, ich weiß Bescheid.
Meine Mutter hat mir das Zeug gegeben.
Meine Mutter die Lehrerin.
Meine Mutter die Alleinerziehende.
Meine Mutter die Alleinstehende.
Allein.
Meine Mutter die blöde Kuh.
Warum, habe ich sie gefragt, warum.
Und sie hat gesagt, dass er wieder zurück ist nach Ghana.
Und irgendwann kam die Nachricht, dass er tot sei.
Dieses Misstrauen in ihrer Stimme, ihrem Blick, wie sie leicht ihre Hüfte nach vorne schiebt, wenn sie über ihn spricht.
Er war so klug, sagt sie dann, so klug, so weit mit seinen dreißig Jahren, so weit weg.
Die Lügenhüfte, keine Ahnung, sie wird das hier niemals lesen.
Von ihm hast du alles, sagt sie.
Und von dir?, frage ich sie.

Von mir, ach ich weiß nicht, mein Engel.
Engel sind blond!, schreie ich sie an.
Kapierst du das nicht, in dieser Welt sind Engel weiß und blond.
Mein Engel, sagt sie und heult. Ich nehme sie in den Arm.
Es tut mir so leid, sage ich, Mama, es tut mir so leid.
Mein Engel. Sie umarmt mich.
Zu fest.
Ich fliege davon.
Sie merkt gar nicht, dass ich fliegen kann.
Wie ich aus ihren Armen gleite.
Flaschengeist.
Ich schwebe mit dem Skateboard durch die Straßen meiner Stadt, ich umkurve jede Erinnerung drei Mal, meine Sneaker haben Löcher, meine Füße sind schmutzig.
Daniel, sage ich, adieu, auf Nimmerwiedersehen, du alter Kiffer, mach's gut, ich studiere Kunst, habe ich gesagt, ich studiere in München, habe ich gesagt.
Ich kann Hannover nicht mehr sehen.
Mach's gut, Kleines, hat er gesagt.
Kleines Arschloch, habe ich gedacht.
Mein Zimmer hat sie vermietet an eine Studentin.
Sie ist brutal, macht selbst vor Engeln nicht halt.
Ich halte das alleine nicht aus, hat sie gesagt.
Willst du wirklich da hin?
Und dann Glückssträhne, leuchtender Laden.
Auf der Suche nach dem richtigen Licht für meine Wohnung da in der Paul-Heyse, dieser riesigen WG in diesem riesigen Haus.
Die einzige Straße in dieser Stadt, die nach Metropole riecht.

Auf der Landwehr ist ein Lampenladen, hat Aylin gesagt.
So ein alter Typ.
Der hat das ganze Zeug aus den Achtzigern, Siebzigern, Sechzigern.
Geh da hin.
Alle gehen da hin.
Ich auch.
Die Ladentür hat diese Glöckchen.
Paulchen und Peterchen.
Ich schließe die Augen. Und hole tief Luft.
Ich muss sofort niesen.
Der Alte war nicht da.
Aber er, sein Enkel Onur, war da.
Und wie er da war: Er saß in der Ecke und hat ein Buch gelesen.
Erst habe ich ihn gar nicht bemerkt. Ich stand da.
Die Glöckchen waren gerade verklungen.
Hallo, habe ich gerufen, ganz zaghaft und dann noch mal ein wenig lauter, Hallo.
Und dann hat er gesagt: Bin gleich da, nur die Seite noch fertig lesen. Und dann habe ich gehört, wie er das Buch mit einem Paff zusammengeschlagen hat und auf mich zukam.
Dieses Buchzusammenschlagen, Hackenzusammenschlagen, Naziszusammenschlagen.
Wie der Staub aufwirbelt, kurz, ein Wölkchen Chaos.
Dann stand er auf.
Schlurfte zu mir rüber.
Schwarzes Haar, graue Jeans, weißes T-Shirt, dünn, so dünn.
Mein Opa ist nicht da, hat er gesagt, aber vielleicht kann ich helfen.

Ich hüte hier den Laden.
Welche Lampe hätten Sie denn gerne.
Er schmunzelte.
Ich schwieg.
War alles gesagt.
Mein Glückstag.
Leuchten über Leuchten, ich brauche was für mein Zimmer, einen Schirm, was Helles, was Farbiges, was Positives.
In diesen Zeiten, sagte er und lachte, in diesen Zeiten was Positives, das lob ich mir.
Mein Philosoph, habe ich gedacht, mein Checker, mein Lover.
Und so ging das dann.
Die Lampe war Nebensache, aber schnell gekauft.
Der Opa kam, wir tauschten Telefonnummern.
Onur.
Abends saßen wir hier oben auf dem Dach und haben geraucht.
Ich nehme dich mal mit, hat er gesagt, an den See zu den Bienen.
Das alte Grundstück gehört meinem Opa, das hat er mir überlassen.
Zwanzig Bienenvölker.
Ein Bienenhaus.
Am Waldrand.
Ich musste weinen vor Glück.
Weltwärts, habe ich gerufen, weltwärts, völlig ohne Zusammenhang, er hat gelacht.
Ich habe ihm alles erzählt.
Von Vater.
Mutter.

Kind.
Hannover.
Daniel.
Und Ghana.
Dass ich da hin bin nach dem Abi.
Weltwärts.
Das Programm, so hieß das Programm.
Eine Rauchwolke in den Himmel.
Onurs dünne Finger.
Da war ich in einem Dorf mit einer Schule für Kinder, die blind, langsam, versehrt waren. Kinder, die keiner mehr wollte.
Die hatten Bienen, Bienen, Bienen, Bienen.
Und ich habe gelernt, wie man Waben kratzt und feuert und schleudert und Honig schleckt.
Und Onur ist aufgesprungen und hat getanzt auf einem Bein und seine Arme kreisten in der Luft.
Mo und Onur, hat er gerufen.
Mo und Onur.
Scheiß auf Willi, scheiß auf Maja!
Mo und Onur.
Dream-Team.
Wir zwei Imker*innen, das gibt's doch gar nicht!
Wir waren so glücklich auf diesem Dach.
In dieser Nacht. Fing alles an.
Mit uns und den Bienen und der Kunst.
Am Tag prallt der Blick gegen den Kirchturm, sage ich.
Peter und Paul, sagt er.
Gnadenlos.
Dahinter die Theresienwiese, sagt er.

Oktoberfest, sage ich.
Attentat, sagt Onur.
Wir ergänzen uns, denke ich.
Und schaue in die andere Richtung und sehe den Olympiaturm blinken.
Am Tag, bei gutem Wetter geht der Blick bis Dachau.
Onur verbeugt sich.
Zieht an seiner Zigarette.
Bläst Kringel in die Luft.
Für die Toten.
Im OEZ.
Wochen später war es so weit.
Der Professor sagt, ich will was sehen, ein Konzept, ein Werk, ein Ding.
Und Onur sagt, klar doch, wir bringen die Bienen aufs Dach.
Und du tanzt.
Wir filmen das.
Die Bienen in der neuen Heimat über den Dächern der Stadt, wie sie schwärmen das erste Mal und du stellst dich rein.
Und ich feuer an.
Und keine Biene sticht dich.
Du im Qualm.
Du ohne Schutz.
Ohne Anzug.
Aber nicht nackt.
Nein.
Und was man sieht ist: Oktoberfest.
Attentat.
Olympia-Einkaufszentrum. OEZ. ÖZ.

Massaker.
Hanau.
Jahrestag.
Irgendwann habe ich ihn gefragt, warum sein Opa Sedlmayr heißt.
Willst du mich nicht auch noch fragen, wo ich herkomme.
Er hat gelacht.
Laut gelacht.
Kofferkind, sagt er, verdammtes Kofferkind.
Meine Eltern waren zum Arbeiten hier.
Er zeigt mir Fotos von einer schönen jungen Frau, die in Haidhausen auf der Straße ein Eis isst. Gelbes Kleid. Blume im Haar.
Mein Vater ist abgehauen.
Zurück in die Türkei.
Meine Mutter musste arbeiten.
Da hat sie mich zu den Sedlmayrs gegeben.
Das war mein Glück. Oma und Opa.
Und meine Mutter habe ich nur noch am Wochenende gesehen.
Sonntags.
Irgendwann gar nicht mehr.
Vor zwei Jahren haben wir wieder angefangen, uns zu treffen.
Es ist schrecklich.
Sie hat mich verlassen, weil sie es nicht ausgehalten hat, mich nur einmal die Woche zu sehen.
Dann lieber gar nicht, hat sie gesagt.
Aber ich glaube, sie hatte ein Alkoholproblem.
Sie hat getrunken.
Ob sie wegen mir getrunken hat, keine Ahnung.

Vielleicht auch schon vorher.
Die Sedlmayrs waren immer für mich da.
Die Oma ist letztes Jahr gestorben.
Und der Opa geht jeden Tag in seinen Lampenladen, obwohl er eigentlich nichts mehr verkauft.
Der Vermieter wartet nur darauf, dass er stirbt.
Sein ganzes Vermögen geht für die Miete drauf, aber Opa will da drinbleiben.
Da müsst ihr mich raustragen, sagt er immer. Raustragen.
Onur redet und redet und redet.
Ich liege neben ihm auf meinem Bett und sehe seine glasigen Augen.
Und du, fragt er, und du? Wo kommst du eigentlich her?
Ich boxe ihn in die Seite und erzähle nichts.
Er hat einfach geklingelt, am Abend.
Heute ist es so weit, hat er gesagt.
Wir fahren an den Ammersee und holen die Bienen.
Sein Opa hat sie ihm vererbt.
Nicht weit vom See.
Aber er lebt doch noch, habe ich Onur gefragt.
Nur noch in seinem Laden, hat er gesagt.
Lampen, Staub, Tüfteln.
Ich ziehe mir was an und wir steigen in seinen Wagen und fahren los.
Es ist dunkel und kalt.
Nebel.
Jahrestag, sagt er, morgen ist der Jahrestag.
Ich sage Hanau und er dreht die Musik laut.
Ich mag Sufi nicht, denke ich.

Aber jetzt, hier im Auto mit Onur.
Wir fahren in den Feldweg zu seinem Grundstück.
Sie schlafen bestimmt.
Die Bienen.
Bienen schlafen nicht.
Und wie die schlafen.
Nein.
Doch.
Unser erster Streit.
Wir hieven zwei Kästen in seinen großen Lada.
Wir reden nicht mehr.
Die Räder drehen kurz durch im Matsch, dann ruckelt es.
Wir fahren zurück.
Wortlos.
Kurz vor dem Autobahnende sagt Onur: Wir bringen die Kästen jetzt aufs Dach.
Wir stellen sie da hin.
Keine Ahnung, wie sie reagieren.
Im Morgengrauen, wenn die Sonne aufgeht, dann scheuchen wir sie auf.
Er öffnet das Handschuhfach.
Nimm die, sagt er.
Keine Ahnung, wie schlimm es wird.
Ich ziehe eine Schachtel Kortison-Tabletten hervor und stecke sie in die Brusttasche meines Blaumanns.
Ich finde es übertrieben. Aber ich sage nichts.
Ein Foto ist aus dem Handschuhfach gefallen.
Auf dem Foto ist eine wunderschöne Frau mit dunklen Augen und einem glänzenden, mondförmigen Gesicht. Sie steht vor ei-

nem Swimmingpool, im Hintergrund sieht man ein Hotel. Sie trägt Flipflops, ein schwarzes, fast bodenlanges Kleid und einen glitzernden Hijab. Sie streckt die Arme von sich, so als wolle sie fliegen. Sie steht nur auf einem Bein. Sie lacht. Wer ist das, frage ich Onur. Das ist Amina, sagt er. Sie lebt nicht mehr in München. Das Foto ist aus Dubai. Sie arbeitet da.
Ist sie deine Freundin?
Nein.
War sie deine Freundin.
Glaube schon.
Onur parkt den Wagen auf dem Fahrradweg vor dem Haus in der Paul-Heyse-Straße.
Es ist mitten in der Nacht. Kaum Verkehr.
Jetzt fahren eh keine Fahrräder, sagt er.
Wir öffnen die Ladefläche.
Weiße Tücher über die Bienenkästen.
Los, sagt Onur.
Wir tragen die Kästen in den Aufzug.
Wir fahren nach oben.
Das letzte Stück aufs Dach geht über eine Treppe.
Dann diese kleine Leiter, die Luke öffnen.
Onur steht unten und schiebt den Bienenkasten nach oben, ich ziehe, Onur kommt Schritt für Schritt hinterher, wir müssen aufpassen, dass die Kästen nicht umkippen.
Geschafft. Wir stellen die Bienen in die Mitte der Plattform.
Onur fährt wieder runter, um das Auto einzuparken.
Ich setze mich an die Kante zum Abgrund und schaue Richtung Olympiaturm.
Mir ist kalt.

Onur braucht lange.
Nach einer halben Stunde ist er wieder da.
Die Bullen, sagt er, als ich runtergekommen bin, standen sie schon da und haben das Auto inspiziert. Sie haben mich überprüft, wollten wissen, was ich mache. Dann haben sie meine Personalien gecheckt.
Klar, sage ich, ein Schwarzkopf mit einem Lada mitten in der Nacht mit offenem Kofferraum. Das ist verdächtig. Was hast du ihnen gesagt?
Die Wahrheit.
Spinnst du.
Warum?
Weil das verboten ist.
Bienen aufs Dach tragen.
Ist doch nicht verboten.
Keine Ahnung.
War kein Problem.
Ging durch. Ich bin ein guter Schauspieler, weißt du.
Ich umarme Onur. Er ist schweißnass.
Wir sitzen da und rauchen.
Er hat das Gerät zum Einheizen zwischen seinen Beinen.
Wir bauen das Kamerastativ auf.
Ich gehe runter in die Wohnung und ziehe mich um.
Der weiße Overall.
Barfuß.
Es dämmert, sagt Onur.
Warten wir noch eine halbe Stunde.
Unten wird der Verkehr schon lauter.
Ich nehme die Tücher von den Kästen und öffne sie.

Ziehe die Waben raus.
Onur bläst den Rauch auf die Tiere.
Sie leben.
Sie fliegen.
Ich laufe durch sie hindurch.
Ich tue so, als wäre nichts.
Kein Tanz, kein Lachen.
Ganz ernst.
Die Bienen schwirren um meinen Kopf, meinen Körper.
Obwohl ich das schon unzählige Male erlebt habe, wird mir mulmig.
Onur drückt den Qualm aus dem Balg und geht immer wieder zur Kamera.
Es sieht fantastisch aus, ruft er.
Hast du schon einen Titel?
Jahrestag, sage ich.
Hanau, ruft er.
Weiß noch nicht.
Irgendwann beruhigen sich die Bienen wieder und fliegen zurück in die Kästen.
Wollen wir sie hier stehen lassen?
Echt?
Ein Mahnmal.
Für die Toten.
Aber sie kennen sich doch gar nicht aus in der Stadt.
Stadthonig ist der beste.
Wir schauen uns das Video an.
Musik?
Klar.

Sufi, sagt Onur.
Weiß nicht.
Was Elektronisches.
Schon eher.
Ich bin gespannt, was dein Professor sagt.
Aber er hat keine Ahnung von Ghana, von den Bienen, von Hanau, von uns.
Egal.
Du musst es doch nicht erklären.
Mittlerweile ist es hell.
Ich bin nach drei Monaten abgehauen aus Ghana.
In dem Dorf, in dem die Kinder betreut wurden, war es schrecklich.
Lauter Weiße mit Anfang zwanzig, die sich um schwarze Kinder gekümmert haben. International White Saviors.
Und mich hat keiner ernst genommen. Die Leute aus dem Dorf haben mich nicht akzeptiert.
Und die anderen waren die Hölle.
Einmal hat eine Frau aus Kiel zu mir gesagt, dass sie mich bewundere. Dass ich mich meiner Herkunft stelle. Dass ich ja so viel zurückgeben könne. Die hat gar nicht mehr aufgehört zu reden. Ich habe ihr eine Ohrfeige verpasst. Das war ein Skandal. Und dann bin ich abgereist. Es gab ein kleines Mädchen ohne Arme in unserer Gruppe. Die habe ich immer mit Honig gefüttert. Dieses Gesicht, als ich ihr das süße Zeug mit einem Holzlöffel in den Mund geschoben habe, werde ich nie vergessen. Manchmal nimmt sie mir Sprachnachrichten auf und ihr Lehrer schickt sie mir. Diese Nachrichten werde ich als Tonspur nehmen für das Video.

Du erntest, sagt Onur.
Darf ich das nicht?
Keine Ahnung.
Er springt auf und sagt, dass er losmuss. Opa in den Laden bringen und dann zur Arbeit.
Und die Kästen?
Die können ein paar Tage hierbleiben.
Wir bringen sie am Wochenende zurück.
Sollen wir Samstag draußen am See übernachten?
Bei den Bienen?
Warum nicht?
Und dann ist er weg.
Ich gehe zur Kamera und schalte sie ein.
Ich nehme ein paar Sätze auf.
Ich drehe mich um.
Dann gehe ich von der Kamera ganz langsam Richtung Kante.
Ich steige die zwei Stufen nach oben und stelle mich auf den Vorsprung.
Wenn ich nach unten schaue, sehe ich die Kreuzung Paul-Heyse-Straße, Ecke Schwanthalerstraße. Niemand sieht mich. Ich strecke die Arme zur Seite aus.
Ich schließ die Augen. Was, wenn ich jetzt springe. Mein Herzschlag beschleunigt sich.
Du bist kein Engel, denke ich und muss grinsen. Die Kamera läuft. Wie das wohl aussieht. Ich hebe ein Bein an. Jetzt stehe ich einbeinig auf diesem Vorsprung, der vor mir die Tiefe freigibt. Plötzlich höre ich, wie die Luke zum Dach geöffnet wird. Die Stimme unserer Hausmeisterin. Eine andere Frauenstimme ruft mir zu, ich solle da runterkommen. Ich setze den Fuß wie-

der ab und öffne die Augen. Ich drehe den Kopf und sehe die Hausmeisterin. Neben ihr zwei Polizisten, eine Frau, ein Mann. Sie fragen mich, ob ich Hilfe brauche. Dass ich vorsichtig sein soll. Okay, die denken, ich will da runterspringen. Die Kamera läuft. Jahrestag, denke ich. Hanau. Die Polizistin kommt näher. Kommen Sie, sagt sie, ich helfe Ihnen da runter. Ich schaue auf die Straße. Ich höre Sirenen. Mehrere Feuerwehrwagen halten auf der Kreuzung. Die Leute schauen zu mir nach oben. Ich zittere. Egal was ist, sagt die Polizistin, wir können Ihnen bestimmt helfen. Komm näher, denke ich, dann bist du im Bild, komm näher. Ich drehe mich zu ihr um und sehe, dass die Kamera alles aufnimmt. Die Kamera nimmt alles auf.

4

I know I must be paranoid
But I feel the atmosphere
Round here is growing nastier
People don't smile anymore

RICHARD DAWSON *Jogging*

KEIN FEUER

ALS ICH AUFGEWACHT BIN, habe ich nur ein Auge öffnen können. Das andere war verklebt. Das kommt oft vor. Der Gestank der Matratze lag in meiner Nase. Reingekrochen. Bruno stand auf dem Stuhl vor der Spüle. Beide Hinterpfoten auf dem zerkratzten Stein. Er hat den Wasserhahn abgeleckt. Die anderen haben noch geschlafen. Vater. Mutter. Toni. Elvira. Ich habe den Stein genommen, der neben der Matratze lag. Leise, damit die anderen nicht aufwachen. Der Stein liegt immer da. Falls jemand kommt in der Nacht. Messer darf ich nicht. Sagt Vater. Ich habe also den Stein genommen und ihn nach Bruno geworfen. Ich habe ihn am Hals getroffen. Er hat schrecklich laut gejault. Und alle sind aufgewacht. Ich habe so getan, als ob ich noch schlafen würde. Bruno hat geblutet. Am Hals. Und mein Vater hat ihm einen Tritt verpasst. Ich weiß nicht, warum ich das getan habe. Bruno ist mein Freund. Am Abend hat sich Elvira zu mir gesetzt. Auf die kaputte Bank vor dem Haus. »Tu das nie wieder«, hat sie gesagt. Niemand weiß, dass ich den Hund Bruno getauft habe.

*

Wenn Mutter von mir erzählt, höre ich zu. Und schaue sie an.

»Er war ein ganz normaler Junge«, sagt sie immer. Alle sagen, dass ich sprechen soll. Manchmal tut meine Zunge weh. Seit wir hier sind.

*

Ich schaue meinen Vater an. Er will wissen, wo Toni ist. Ich versuche, meine Augen nicht zu bewegen. Sonst denkt er noch, ich gebe ihm einen Tipp. Ich habe Toni seit zwei Tagen nicht mehr gesehen. Der Vater ist wütend. Ich gehe zu Vater und grabe meinen Kopf in seinen Schoß. Ich umklammere seine Beine mit beiden Armen. Ich trample mit den Füßen auf den Boden. Ich fange an zu schreien. Ganz hoch. Ich schreie ganz hoch. Ich weiß, jetzt kommt Mutter. Vater hat nicht gesehen, was sie mit mir gemacht haben. Er war in der Stadt, als die Männer gekommen sind. Meine Mutter ist da. Sie ist schön, wenn sie Angst hat. Sie sagt kein Wort. Sie reißt mich von Vater weg. Und umarmt mich. Seit wir hier sind, ist ihre Haut so komisch. Wie ein Schwamm. Wir haben nicht viel zu essen, aber sie wird immer dicker. Das fühlt sich schön an. Ich bin froh, dass mein Vater nicht da war. Sonst wäre er tot. Wie der Nachbar. Sie haben sein Haus angezündet. Danach sind wir geflohen. Erst in die Stadt. Und dann in diesen Bus. Zwei Tage haben wir gebraucht, bis wir in Deutschland waren. Ich war noch ganz klein. Unsere Wohnung in München. Ein Zimmer mit Elvira und Toni. Aber meistens habe ich bei Mutter und Vater geschlafen. Vater war immer im Bett. Jetzt haben wir nur ein Zimmer. Alle schlafen da.

*

In Deutschland gab es einen Jungen. Von diesem Jungen wussten nur ich und Elvira. Einmal haben sie sich getroffen bei den Hecken, hinter dem Sportplatz. Und ich durfte mitkommen. Elvira, hat Mutter gesagt, lass Egzon nicht aus den Augen. Und dann ist Mutter weg. In die Stadt. Mit Vater. Zu einem Anwalt. Weil sie Angst hatten. Elvira hatte auch Angst. Vor Toni. Und vor Vater. Wegen dem Jungen. »Halt bloß die Klappe«, hat Elvira zu mir gesagt. Und dann hat sie gelacht. Und ich habe auch gelacht. Und Elvira hat mich geboxt. Der Junge hieß Bruno. Er hat Elvira angefasst. Überall. Das habe ich genau gesehen.

*

Elvira sitzt da und heult. Sie hält ihr deutsches Telefon in der Hand. Sie wirft es in die Ecke. Dahin, wo das Ofenrohr aus der Wand kommt. Wir sitzen in dem Zimmer ohne Ofen. Ohne Teppich. Die Fenster haben kein Glas. Nur Plastikfolie. Elvira nimmt einen Schluck Cola. Ich weiß, wo sie die herhat. Das Telefon geht nicht mehr. Leer. Sie sagt: »Er hat geschrieben, dass er kommt.« In der Stadt gibt es ein Internetcafé. Aber das kostet Geld. Ich lehne mich an Elvira. Und dann strecke ich meine Hand nach ihrer Cola aus. Sie lässt es zu. Ich nehme die Cola und trinke einen riesigen Schluck, bis mir das Zeug aus dem Mund läuft und auf den Betonboden tropft. Elvira ist sauer: »Egzon. Du Vollidiot. Was trinkst du meine Cola. Das ist der letzte Rest. Ich habe dir verboten, meine Cola zu trinken. Du Trottel. Das ist alles, was ich noch habe.« Ich sitze auf dem Boden in der Colalache und male mit den Fingern und der Cola etwas in den Staub. Ich male ein Haus. Und ich male einen

Mann und ich male Egzon. Und Feuer. Ich kratze mit den Fingernägeln über den Steinboden. Bis es wehtut. Immer heftiger. Ich kratze über mein Bild. Und das, was übrig bleibt, ist Dreck. Cola. Staub. Geschmiere. Meine Augen brennen. Ich reibe die Cola und den Dreck und das Feuer und das Haus und alles in meine Augen rein. Und jetzt kann ich nichts mehr sehen. Ich wälze mich auf dem Boden. Ich kneife meine Augen zu. Ich mache mir in die Hose. Mein Kopf schlägt auf den Beton. Er blutet. Vater kommt und flucht. »Er hat schon wieder einen Anfall. Elvira, was hast du gemacht?« Sie halten mich fest. Drücken mich auf den Boden. Vater mit seinen Knien auf meinen Oberarmen. Das tut weh. Aber nicht schlimm. Elvira sitzt auf meinen Beinen. Ich spüre ihren warmen Hintern. Ich zucke. Immer wieder. Und dann kommt die Nacht. Mein Kopf liegt jetzt auf Elviras Beinen. Sie wischt mir die Spucke aus dem Mundwinkel. Und Vater holt ein nasses Tuch, um mir das Blut von der Stirn zu waschen. Elvira ist traurig. Sie hält Vater am Arm: »Ich halte das hier nicht mehr aus«, sagt sie. »Ich will in die Schule gehen. Ich will meine Freunde sehen. Ich will mit dem Bus fahren. Ich will vor dem Bahnhof rumhängen. Ich vermisse sogar die Mathe-Arbeit morgen. Warum sind wir hier? Ich kann nicht mal diese scheiß Sprache von diesen scheiß Leuten. Ich will sie nicht lernen. Niemals. Ich will nach Hause.«

*

Elvira schimpft: »Egzon, das ist das einzige saubere T-Shirt, das ich noch hatte. Du hast es versaut. Mit deinem scheiß Anfall.« Die Mutter sagt, dass ich ein gesundes Kind war. Elvira fragt die

Mutter nach Geld. Elvira zieht ihr T-Shirt aus und gibt es Mutter. Mutter sitzt da im Schneidersitz und zwischen den Beinen hat sie eine weiße Waschschüssel. Elvira trägt einen rosa BH. Mutter wäscht das T-Shirt. Ich laufe zur Tür. Und halte mir die Augen zu. Ich weiß, dass sie dann lachen. »Wozu brauchst du Geld?«, fragt Mutter. »Ich muss mit meinen Freunden reden. Sonst vergessen sie mich.« »Dann sind sie keine Freunde.« »So ein Blödsinn«, antwortet Elvira. »Aber vielleicht ist es besser, sie vergessen mich. Wenn ich am Computer sitze und sie sehe, da auf dem Bildschirm, und ihre Stimmen höre, dann vergesse ich manchmal, dass ich da nicht mehr hindarf. Danach tut es umso mehr weh. Sie fragen mich, wie es hier ist. Das Wetter. Die Jungs. Die Schule. Alles. Und weißt du, was ich sage? Ich sage: Alles super hier. Dabei will ich das gar nicht sagen. Nur Bruno weiß Bescheid. Als wir in der Schule Europa durchgenommen haben, habe ich gefragt: Und wo ist Kosovo? Das gab es da noch gar nicht auf der Karte. Und jetzt hängen wir hier.«

Ein Mann hat Elvira angesprochen. Vor dem kleinen Laden, wo es Internet gibt. Ich war dabei. Er hat ihr die Cola gegeben. Er hat gesagt, dass er Internet hat. Zu Hause. Da kann sie ins Internet ohne ihr teures Telefon. Mutter sagt zu Elvira: »Du bist schön. Pass bloß auf.« Später gehen wir wieder hin. Zu dem Mann.

*

Gestern war Toni da. Er hat sich mit Vater gestritten. Vater hat gesagt, dass es gefährlich ist, sich mit den Albanern einzulassen. Vater hat ihn wirklich gefragt, warum er überhaupt mitgekommen ist. Er hätte auch in Deutschland bleiben können. Nie ist er da. Immer ist er weg. Vater hat gesagt, dass er Geld braucht für meine Behandlung. Alle brauchen Geld, hat Toni gesagt. Alle. Toni hat gesagt, dass er jetzt arbeitet. In der Stadt. Das glaube ich nicht, hat Vater gesagt. Und dann ist Elvira gekommen. Mit ihrem T-Shirt. Und ihrer Jeans. Da waren beide still.

*

Der Mann hat gesagt: »Dein Bruder kann mitkommen, kein Problem. Bei mir zu Hause ist genug Platz.« Sie haben Deutsch gesprochen. »Ich weiß, wie das ist«, hat der Mann gesagt. »Ich war in Deutschland. Mich haben sie auch zurückgeschickt. Du bist ein Roma-Mädchen«, hat er noch gesagt. Und Elvira: »Kann sein. Bisher habe ich nur zweimal gemerkt, dass ich angeblich ein Roma-Mädchen bin. Das erste Mal, als sie unser Haus in Mitrovica abgebrannt haben, und das zweite Mal, als sie uns in München nachts aus der Wohnung geholt haben. Sonst noch nicht. Also wenn ich es mir aussuchen kann, dann lieber nicht.« Der Mann hat gelacht. Und er hat gesagt: »Rom heißt Mensch.« Er hat in die Hände geklatscht. Und seine Sonnenbrille abgenommen. »Also, kommst du mit? Keine Angst. Du kannst einfach meinen Computer benutzen. Und dann geht ihr wieder.« Ich stelle mich auf ein Bein. Und drehe mich. Ich lache. Der Mann ist nett. Wir sind ein paar Straßen weiter gelaufen. Der Mann hat eine große Wohnung mit einem Sofa und einem Hometrainer und einem Computer. Ich habe mich auf den Hometrainer gesetzt und bin losgefahren. Das hat mir Spaß gemacht. Das kenne ich aus Deutschland. Aus der Turnhalle. »Dein Bruder ist ganz schön behindert«, hat er gesagt. Elvira saß an seinem Computer, während er einen Kaffee gekocht hat. Bruno ist auch da. Er liegt in der Ecke und schläft. »Wem schreibst du?«, hat er sie gefragt. »Willst du skypen?« »Nein, nein, das geht schon!« »Wenn du willst, kannst du immer herkommen zum Mailen. Klingel einfach, und wenn ich da bin, lass ich dich rein.« Und dann hat er mir eine Cola gegeben.

*

Mutter sagt, dass ich zum Arzt muss. Wir haben keine Medikamente mehr. Aber auch kein Geld. Als wir das letzte Mal beim Arzt waren, hat er mich gefragt, wie ich heiße. Er hat mir Stifte gegeben. Er hat in einer Sprache gesprochen, die ich nicht verstehe. Albanisch. Mutter hat übersetzt. Und dann hat sie zu dem Arzt gesagt: »Ich weiß doch gar nicht, welche Sprache mein Sohn spricht. Er hat aufgehört zu reden, da war er vier. Das war Albanisch. Aber dann sind wir nach Deutschland. Und seitdem kein Wort.« Ich habe die Stifte zerbrochen. Vater will zu unserem alten Haus. Mutter wird sehr wütend: »Sie bringen dich um, wenn sie dich erkennen. Du warst Polizist. Bei den Serben.«

»Ich will wissen, was Egzon gesehen hat. Mehr nicht.« Elviras T-Shirt hängt nicht mehr auf der Leine. Vater wird sauer. »Wo ist sie schon wieder?«

*

Wir sind auf dem Nachhauseweg. Elvira sagt, dass sie Bruno liebt.

Sie umarmt mich von hinten. So laufen wir eine Weile. Dann schreit sie: »Igitt! Du hast schon wieder in die Hose gemacht. Du bist nicht ganz richtig im Kopf!« Ich will nicht, dass Elvira so redet. Es ist heiß. Überall ist Staub. Die Wunde an meinem Kopf ist hart und krustig. Die Scheiße läuft mir das Bein runter. Ich renne los. So schnell ich kann. Elvira kommt kaum nach. Die Hauptstraße lang. An den kaputten Häusern vorbei. Der Bahnhof. Der Fluss. »Egzon, nicht so schnell«, ruft sie mir hinterher. »Egzon, pass auf. Egzon, halt.« Zu spät. Da stehen sie. Die drei Albaner. Groß. Größer. Am größten. Sie kommen auf uns zu, wie in einem Western. Breite Beine. Kaugummi. Sie fangen an, Elvira zu schubsen. Einer hält Elvira von hinten fest. Der andere steht vor ihr. Er greift ihr zwischen die Beine. Er schiebt ihr T-Shirt hoch. Bruno, wo ist Bruno? Elvira schreit. Ich ziehe meine Hose aus. Die vollgeschissene Hose. Ich nehme die Hose und schlage damit nach den Typen. »Der hat Scheiße an der Hose. Der wirft mit Scheiße nach uns.« Sie treten nach mir. Ich falle hin. Einer hört nicht auf zu treten. Ich sehe Elvira nicht mehr. Was machen sie mit Elvira. Sie ziehen mich an den Beinen durch den Dreck in eine Hausruine. Und dann plötzlich höre ich die Stimme des Mannes, bei dem Elvira ihre Mails geschrieben hat. Der Mann hat eine Pistole. Eine echte Pistole. Und die drei Typen rennen weg. Elvira liegt auf dem Boden mit verschmiertem Gesicht. Sie steht auf. Schlägt den Dreck von ihrem T-Shirt. Elvira bedankt sich bei dem Mann. Er sagt, wir sollen hier warten. Und dann kommt er wirklich zurück mit einer frischen Jogginghose.

*

Vater trinkt Schnaps aus einer Flasche. Die ganze Zeit. Er weint. Und erzählt mir eine Geschichte: »Dein Vater sammelt Müll. Dosen, Konserven. Egzon, ich weiß nicht, was du denkst. Aber ich will wissen, was dich stumm gemacht hat. Hier geht alles aus dem Ruder. Toni ist nie da. Deine Schwester. Sie hasst mich. Sie will weg. Sie trifft sich mit Männern. Deine Mutter ist unglücklich. Schau dir das Haus an, Egzon. Wir wissen noch nicht mal, wem es gehört. Das Dach ist kaputt. Die Fenster sind undicht. Jetzt ist Sommer. Was machen wir im Winter? Wir müssen hier weg. Aber wo sollen wir hin? Es gibt für uns keinen Ort. Nicht für uns alle. Egzon, in mir ist eine Wolke. Die hat sich um mein Herz gelegt. Eine schwere, dunkle Wolke. Seit dieser Nacht. Ich war im Ort, weil ich Polizist war. Mit einer Uniform und Kollegen und ein Auto hatten wir auch. Und nie hat einer gefragt, was ich bin. Moslem. Christ. Roma. Ägypter. Serbe. Albaner. Ashkali. Nie. Jetzt sagen sie: Deutscher. Und dort haben sie gesagt: Roma. Und in dieser Nacht sind sie gekommen und haben unsere Häuser abgebrannt. Deine Mutter ist mit Elvira und Toni in den Wald. Und wo warst du? Egzon, wo warst du? Was haben sie mit dir gemacht? Deine Mutter hat dich alleine gelassen, weil sie dich nicht gefunden hat. Und als mein Kollege in die Wache gestürmt kam und geschrien hat, sie brennen, eure Häuser, sie brennen, da bin ich sofort los. Das kannst du mir glauben. Als ich ankam, war es zu spät. Die ganzen Häuser. Und die Nachbarn haben wir nie wieder gesehen. Nur den einen. Habib. Sein abgeschnittener Kopf hing an einem Seil im Baum vor dem Haus. Aus dem Hals tropfte Blut. Und du, Egzon, wo warst du?« Er sagt, dass ich bald fünfzehn werde. »Da kann man schon mal einen vertragen.« Vater gibt mir die Flasche. Vater redet weiter. Er kommt zu mir. Er schwankt. Er nimmt meinen Kopf in seine Hände. Er küsst mich auf den Mund. Und dann fällt er um. Und schläft. Ich nehme die Flasche. Ich laufe raus und verstecke die halb volle Flasche im Garten.

*

Ich fahre Fahrrad. Und trinke Cola. Elvira sitzt am Computer. Und schreibt. Ab und zu presst sie die Luft durch die Lippen. Wir sind alleine. Ich bin kurz weg, hat der Mann gesagt. Ich fahre immer schneller. Und dann kommt der Mann zurück. Elvira springt auf. Sie will gehen. Der Mann fragt, wie es mir geht. Ob das Geld gekommen ist für die Medikamente. Elvira wird ganz hektisch. »Nein«, sagt sie. »Noch eine Woche und dann sitzen wir auf dem Trockenen. Weiß nicht, was dann mit Egzon ist.« Der Mann sagt: »Ihr braucht Geld.« Ich fahre noch schneller. Der Mann sagt: »Es gibt ein Hotel. Wo die Deutschen absteigen. Geschäftsleute. Da suchen sie immer welche. Du sprichst Deutsch. Das ist gut.« Ich schwitze. Elvira fragt, was man da machen muss. »Es kommt drauf an«, sagt er. »Worauf?« »Auf dich. Wie du dich anstellst. Aber du würdest denen gut gefallen. Wenn du willst, bring ich dich mal hin.« Ich bin völlig außer Atem. Ich fahre jetzt so schnell, dass ich nichts mehr hören kann. Elvira sieht froh aus.

*

Mutter und Elvira sind daheim. Sie streiten. Ich laufe weg. Später suchen sie mich überall. In der ganzen Siedlung. Sie rufen meinen Namen. Sie fragen die Leute. Keiner weiß was. Ich bin auf den Müllberg gegangen, um Dosen zu sammeln. Solange Vater weg ist. Ich habe ein Messer gefunden und einen ganzen Sack voll Metall. Irgendwann finden sie mich. Mutter schreit mich an. Ich habe das Messer versteckt. Da, wo auch der Schnaps steht.

*

Elvira geht abends ohne mich in die Stadt. Sie hat zwei neue T-Shirts.

*

Ich bin Elvira hinterhergelaufen. Sie hat nichts gemerkt. Unterwegs hat sie sich umgezogen.

*

Ich habe gesehen, wie sie in das Hotel geht. Es hat vier Stunden gedauert, bis sie wieder rausgekommen ist.

*

Mutter und ich sind bei den Nachbarn. Die haben ein Telefon. Mutter spricht mit Vater. Alle hören zu. Mutter gibt mir das Telefon. Vaters Stimme. Er sagt, ich soll auf Mutter aufpassen. Und auf Elvira. Und dann ist die Verbindung weg.

*

Elvira ist wieder alleine weg. Ohne mich. Ich laufe ihr hinterher und warte draußen. Sie hat mich gesehen. Elvira ist hässlich. Sie hat sich geschminkt.

*

Am Abend gehe ich zu meinem Versteck. Der Schnaps. Das Messer. Der Schnaps macht mutig.

*

Toni ist zu Mutter und hat gesagt, sie sollen abhauen. Er hat es erzählt: »In der Stadt haben sie einen überfallen. Sie sagen, es war einer von hier. Sie haben versucht, ihn abzustechen. Mit einem Messer.« Toni sagt: »Es war barbarisch. Alles voll Blut.« Toni sagt zu Elvira: »Du kennst den Mann.« Alle haben Angst. Und wollen weg. Aber ich bin nicht da.

*

Ich sitze im Wald. Die Flasche ist längst leer. Ich halte das Messer fest. Ich war bei ihm. Alleine. Und er hat gesagt: Geh nach Hause, Junge. Aber ich wollte nicht nach Hause gehen. Da lagen Kleider von Elvira rum. Und der Mann hat gesagt, komm her. Setz dich hier hin. Ich muss dir was erklären. Und an der Wand hing das Bild von einem Baum. Um den Baum war Nebel. Ich habe nicht verstanden, was der Mann mir gesagt hat. Er hat mir mit der Hand über den Kopf gestrichen. Er hat mich umarmt. Er soll Elvira in Ruhe lassen. Wo ist Elvira. Und dann ist es passiert. Ich war sehr mutig.

*

Die Polizei war da. Und hat mich mitgenommen. Sie sagen, der Mann überlebt. Ich saß im Wald, als sie kamen. Mit Blut an den Händen. Wie das aussah. Du kommst jetzt weg, haben sie gesagt.

*

Ich habe geschrien. Ganz laut. Ganz hoch. Und irgendwann kamen die Polizisten in die Zelle. Jetzt liege ich da. In dieser Zinkwanne. Und auf dem Flur vor dem Kühlraum stehen Elvira und Mutter. Ich kann sie genau sehen. Sie liegen sich in den Armen. Von oben sehen sie aus wie zwei dunkle Engel. Ich fühle mich sehr leicht. Ich stehe neben ihnen. Ich muss lachen. Mutter spricht ganz leise: »Sie sagen, dass er einen Anfall hatte. In der Zelle. Er hat seinen Kopf auf den Boden geschlagen. Und dann hat er sich erbrochen. Und ist daran erstickt. Der Arzt kam zu spät. Das sagen sie. Und jeder wird ihnen glauben. Wir sind Zigeuner. Vergiss das nicht. Du hast uns das eingebrockt. Mit deinem scheiß Internet. Mit deiner Arbeit.« Elvira schlägt auf Mutter ein. Mutter wehrt sich nicht. Sie steht einfach da. Ihre Arme hängen an ihr herab wie taub. Elvira schlägt immer heftiger. Die beiden fallen um. Jetzt liegen sie da. Man hört eine Weile nichts mehr. Bis Elvira in Mutters Ohr flüstert: »Mama. Da drin liegt Egzon. Dein Sohn. Niemand weiß, was er gesehen hat in dieser Nacht. Es muss schrecklich gewesen sein. Und jetzt ist es aus ihm raus. Alles ist aus ihm raus. Und wir? Wir wandern jetzt einfach weiter. Irgendwohin. Bruno wollte kommen, um mich hier wegzubringen. Ich bin froh, dass er nicht gekommen ist. Ich wollte den Mann im Krankenhaus besuchen. Ich stand schon in seinem Zimmer. Und die Krankenschwester hat gesagt: Besuch für Sie. Und dann hat er den Kopf gedreht. Und weißt du was? Seine Augen waren verklebt mit Verbandszeug. Beide. Und seine Hände waren verbunden. Ich habe keinen Ton rausgekriegt. Ich habe mich rumgedreht und bin rausgegangen. Die Schwester hat auf dem Gang gesagt: Seine Augen. Er wird nie wieder sehen können. Das war Egzon. Mama. Bitte, sprich mit mir. Bitte.« Mutter steht auf. Sie schlägt sich den Dreck von ihrem Rock. Sie richtet sich das Haar. Ihr Gesicht ist leer. Sie geht los. Und Elvira hinterher. Sie lassen mich hinter der Tür in der Zinkwanne liegen. Aber ich bleibe bei ihnen. Draußen vor dem Gericht wartet Bruno, der Hund. Er freut sich.

*

Ich sehe Vater. Er hat sich eine Hütte gebaut. Im Wald. Ganz in der Nähe von unserem alten Haus. Er hat ein Fernglas und beobachtet die Leute, die dort wohnen. Er kennt sie nicht. Lauter Fremde. Vaters Telefon klingelt. Toni. Sie reden über Onkel Arslan. Und über mich. Vater sagt fast kein Wort. Er sitzt da und raucht. Über ihm im Baum hängt ein Bündel mit seinen Sachen. Kümmer' dich um deine Mutter, sagt er zu Toni. Und deine Schwester. Wir können uns kein Begräbnis leisten. Und dann ist das Telefon tot. Die Batterie. Vater vergräbt das Gerät neben dem Baum mit dem Bündel. Vater lässt das Bündel herab, macht das Seil ab, legt seine Sachen auf die Erde und klettert auf den Baum. Er legt das Seil um den Hals. Er weint. Ich setze mich neben ihn auf den Ast. Ich strample mit den Beinen in der Luft. Der Ast wackelt und wippt und dort, wo er aus dem Baum kommt, reißt die Rinde. Es knarzt. Und dann bricht er ab. Vater und ich liegen im Laub. Vater kramt in seinen Sachen. Er findet ein Foto. Ein Foto aus Deutschland. Elvira. Ihr T-Shirt. Und ich. Toni ist nicht drauf. Aber Mutter. Sie kneift die Augen zu. Wir stehen in München in der Nähe des Bahnhofs. An einem heißen Tag. Und sind glücklich.

*

Ich kenne den Flur, den Getränkeautomaten. Der Geruch des Linoleums. Das Neonlicht. Ich kenne den Raum, in dem Bruno sitzt. Elviras Freund aus München. Er ist wirklich gekommen. Wie er das geschafft hat. Jetzt ist es zu spät. Sein Vater hat ihn suchen lassen. Und die Polizei hat ihn geschnappt. Ich kenne die Bank, auf der er wartet. Das Fenster mit den Gittern davor. Ich kenne diese Polizeistation auf dem Flughafen. Da fing alles an. Bruno hält seinen Kopf in beiden Händen. Die Ellenbogen auf den Knien. Ein Polizist kommt und führt ihn aus dem Warteraum in ein anderes Zimmer. Dort steht sein Vater. Ich stelle mich auf den Schreibtisch des Polizisten. Von dort kann ich aus dem geöffneten Fenster sehen. Ein Turm. Rundherum Glas. Und dann ein Flugzeug, das abhebt. Ganz kurz zischt es durch das blaue Viereck mit Turm. Der Vater will nach Hause, mit seinem Sohn. Bruno starrt ihn lange an. Der Polizist hat den Raum verlassen. Bitte kommen Sie noch mal zu uns, bevor Sie gehen, hat er gesagt. Der Polizist ist sehr zurückhaltend und freundlich. Du hast es versucht, sagt der Vater. Der Vater nimmt seinen Sohn in den Arm.

*

Toni hat ein Auto besorgt. Mutter und Elvira sitzen hinten. Im Polster sind Löcher. Auf dem Beifahrersitz steht ein Korb mit Brot und Cola. Sie fahren Richtung Norden. Keiner sagt was. Toni macht das Radio an. Albanische Schlager. Toni summt. Mutter starrt aus dem Fenster und Elvira schläft ein. Ich setze mich neben Toni. Sein Telefon klingelt. Aber er hört es nicht, weil die Musik zu laut ist. Wir fahren an Pristina vorbei. Man sieht Flugzeuge starten und landen. Elvira wacht auf. Sie schaut aus dem Fenster. Und redet ganz leise. »Wir haben den Hund vergessen«, sagt sie. »Hoffentlich findet er jemanden, der sich um ihn kümmert. Egzon hat ihn geliebt.« Es kommen neue Familien. Bruno schafft das schon. Toni nimmt seine Sonnenbrille ab. Seine Augen sind rot. Ich glaube, er weint. Ich auch. Aber das sieht niemand.

*

Bruno sagt nichts. Er zieht seine Jacke an und verlässt mit seinem Vater die Polizeistation. Sie fahren auch mit dem Auto. Nach Hause. Bruno starrt aus dem Fenster. Sie halten an einer Tankstelle. Bruno kauft sich eine Cola. Und ein Feuerzeug. Sein Vater tankt. Bruno geht aus dem Tankstellenladen raus. Er stellt sich auf die andere Seite der Zapfsäule, sieht seinen Vater an, nimmt den Zapfhahn mit der Linken und hält das Feuerzeug in der Rechten. Ich stehe hinter ihm. Sein Vater wird blass. Bruno hebt die Arme und hält den Zapfhahn über seinem Kopf. Wie beim Duschen. Und ich sage ganz ruhig: Kein Feuer, Bruno, kein Feuer.

5

I spend my days in my head
Reliving moments that I
I attempt to forget.

ILGEN-NUR *In my head*

GÜLDENS SCHWESTER

ICH DREHE MICH NOCH MAL UM. Das wohlige, entspannte Gefühl, gut geschlafen zu haben. Trotz Albtraum. Das war die erste durchgeschlafene Nacht seit zwei Jahren. Diese Laken, diese Decke, mein durchwühltes Nest. Nach einer Weile kommt der erste Gedanke an die Schule. Ich sehe den Direktor, wie er die Tür zu meinem Klassenraum aufreißt und hastig den Kopf hineinsteckt und dann sagt: »Frau Inan, das geht so nicht.« Er verschwindet wieder. Die Mädchen lachen. Die Jungs reißen sich ihre T-Shirts runter und machen Affenlaute. Ich muss grinsen. Ich stehe auf, gehe in die Küche und mache Kaffee. Der Geruch macht mich glücklich. Ich gehe ins Bad und dusche. Ich wickle mir mein großes Badetuch um und stelle mich ans Küchenfenster. Kaffee in der Hand. Draußen ist es noch dunkel. Es hat geregnet. Die startenden Autos dampfen. Es ist sechs Uhr fünfzehn. Ein schöner Morgen. Bis ich das Radio einschalte. Die aufgekratzte Stimme der Moderatorin will gute Laune verbreiten. Heute habe ich wieder so einen Termin. Eigentlich möchte ich über den Vorfall nicht mehr sprechen. Ich habe über Monate kaum länger als drei Stunden geschlafen. Die Nervosität ist immer schlimmer geworden. Jedes Mal, wenn ich mich hingelegt und die Augen geschlossen habe, sind diese Bilder aufgetaucht. Ich habe Angst, dass es wieder losgeht.

Ich war eine der Ersten auf dem Schulhof. Weil ich das vom Fenster aus gesehen habe. Meine Klasse hat in der zweiten Stunde eine Arbeit geschrieben. Mathe. Bruchrechnen. Seitdem träume ich jede Nacht vom Bruchrechnen. Es ist immer exakt derselbe Traum. Ich sitze allein im Lehrerzimmer vor meinem Computer und schaue mir ein YouTube-Video an: *Lehrer Schmidt* erklärt Bruchrechnen. Ich habe den Ton ganz leise gestellt, weil mir das peinlich ist vor den anderen Kollegen. Plötzlich redet *Lehrer Schmidt* nur noch Arabisch und der Ton wird immer lauter. Ich werde panisch. Da geht die Tür des Lehrerzimmers auf und die Kollegen kommen rein. So als hätten sie sich draußen vor der Tür versammelt. Schmidts Arabisch wird immer rasender und aggressiver. Ich verstehe kein Wort. Ich weiß nicht mal, ob es da wirklich um Bruchrechnen geht. Die Kollegen starren mich an. Sie kommen immer näher. Einer zieht einen Revolver und hält den Lauf in meine Richtung. Eine Kollegin schneidet sich währenddessen ostentativ die Fingernägel. Dann fängt mein Laptop an zu brennen. Aber *Schmidt* redet immer weiter. Ich springe auf und renne zum Fenster, reiße es auf, steige auf die Fensterbank und will springen. Und dann wache ich auf. Alleine.

Ich stand in der Schule am Fenster und habe rausgeschaut. Es war ein kalter Tag. Es schien, als würde es bald schneien. Ich weiß es noch genau: Ich hielt meine Arme vor dem Körper verschränkt. Es zog durch die Ritzen. Mir war kalt. Ich dachte darüber nach, dass ich diese Jahreszeit liebe. Dabei drehte ich der Klasse den Rücken zu, damit sie kurz spicken konnten, ohne dass ich was mitbekomme, für ein paar Sekunden. Manche meiner Schüler kapieren das. Ich merke, dass sie schon darauf warten. Wann dreht sie sich endlich um? Die kauen dann an ihrem Stift, ruckeln auf dem Stuhl. Und dann tue ich ihnen den Gefallen, man muss nicht immer alles so eng sehen. Das ist der Grund, warum ich meistens einen etwas schwächeren Schüler neben einen stärkeren setze. Aber ich würde den Schülern niemals verraten, dass ich das absichtlich mache. Ab der Achten kapieren die das. Äh, Frau Inan, ich weiß schon, warum ich jetzt neben Erkan sitzen muss. Warum ?, frage ich ganz naiv. Erklärst du's mir? Nee, lieber nicht, sagen die dann. Die Kleinen begreifen das noch nicht. Mit meinen Kollegen rede ich darüber nicht. Nur mit Rebecca. Neulich hat ein Kollege im Lehrerzimmer damit angegeben, dass er einen Schüler schon das dritte Mal beim Spicken erwischt habe, schon das dritte Mal, dass er ihn jetzt endlich angemessen bestrafen könne. Der Kollege hat das vor sich hergetragen wie einen Skalp. Da tropfte noch das Blut runter. Er hat sich tatsächlich die Hände gerieben. Die Männer reiben sich die Hände. Die Frauen streifen sich das Haar hinters Ohr. Das wäre mal ein Buch: Lehrergesten. Wie sie das zeigen: Triumph, Unsicherheit, Schutz, Sieg, Niederlage. Ich beobachte diese Lehrergesten jeden Tag. Ich sollte mal ein Archiv anlegen. Darin würden auch meine verschränkten Arme vor dem Fenster aufgenommen. So stand ich nämlich da, schaute auf den Schulhof. Der Himmel war grau. Dieses Schneegrau, das ich so mag, dachte ich, diese Farbe, die es nur hier gibt. Nur in diesem Land. In dieser Stadt. Über dieser Schule. Das Pflaster auf dem Pausenhof hatte eine ähnliche Farbe, einen Hauch dunkler, Toasterwetter nenne ich das immer, von oben und unten grau und wir in der Mitte. Wie ein Sandwich in einem Sandwichtoaster. Und das Grau dringt in uns ein. Das Bild stimmt hinten und vorne nicht, dachte ich, als ich da stand. Bei einem Toaster denkt man natürlich an Hitze und Sommer, aber mir ging es nicht um die Temperatur, sondern um das Gefühl, dass es von oben und unten drückt und wir sind die Scheibe Brot dazwischen, die eingeklemmt wird. Vom Fenster des Klassenraums konnte ich das Eingangstor zum Schulhof sehen. Gerade wollte ich mich wieder der Klasse zuwenden, da sah ich, dass schon ein paar Schüler zur Pause auf den Schulhof kamen. Höchste Zeit, dachte ich.

Seit diesem Vorfall spreche ich immer öfter von mir selbst in der dritten Person. Ich werde zu einem Gespenst, das in meinen eigenen Fantasien herumirrt. Ich bin ich und ich bin nicht ich. Ich frage mich, womit das zu tun hat. Neulich hat mich mein Bruder Ilkay gefragt, ob ich schon Pläne für den Sommer gemacht hätte. Sie hat einfach zu viel Ferien, habe ich ihm geantwortet. Sie kommt mit der Planung nicht hinterher. Sie lebt in den Tag hinein und kümmert sich um nichts. Vielleicht sollte sie mal den Beruf wechseln. Ilkay schaute mich an, als wollte er gleich fragen, ob ich Drogen genommen hätte. Der kleine, große Bruder. Ich frage wegen Vater, sagte er. Er selbst könne diesen Sommer nur zwei Wochen Urlaub nehmen. Die Kollegen aus der Apotheke haben alle Schulkinder und wollen länger freihaben. Ich versuchte mein affiges Verhalten durch ein noch affigeres Lachen zu übertünchen. Ich habe es noch schlimmer gemacht: Musst mal eine Familie gründen. Wird langsam Zeit.

Du könntest Clown werden, sagte er genervt und ließ mich einfach auf der Straße vor unserem Elternhaus stehen. Irgendwann werde ich mich an diese Zeit erinnern, an diese Zeit, die jetzt meine Gegenwart ist. Und dann werden mir ein paar Sätze einfallen, die davon erzählen, was los war. Ich werde wieder an einem Fenster stehen und über meine Vergangenheit nachdenken. Vielleicht schaue ich dabei aufs Meer. Und sehe mich, wie ich jetzt bin. Ich versuche von ganz weit weg in mich hineinzuschlüpfen und die Person zu sein, die ich einmal war. Bis dahin bleibt mir das alte Alphabet. *How soon is now.* Ich muss immer an diesen Song denken.

Die Klassenarbeit lief vergleichsweise gut. Niemand fiel vom Stuhl, keine aufgeplatzte Tintenpatrone, keine Tränen, nur drei von den Kindern mussten zur Toilette, einer hatte Hunger. Ich hatte einige Zeit zuvor einen Esstisch eingerichtet. Hinten in der Klasse stand ein Sofa und daneben ein kleiner Tisch. Da konnten sich die Kinder hinsetzen, die während des Unterrichts hungrig wurden. Manche haben vor der Schule nicht gefrühstückt. Die brauchen natürlich was. Und bevor ihre schlechte Unterzuckerlaune den ganzen Unterricht zerhaut, lasse ich sie lieber essen. Wenn sie nichts dabeihatten, haben sie von mir was bekommen. Oder von ihren Mitschülern. Am Anfang habe ich versucht, jeden Morgen mit den Kindern ein Buffet aufzubauen. Alle Kinder haben ihre Pausenbrote, das Obst und die Süßigkeiten, die sie dabeihatten, hinten auf den Tisch gelegt und jeder konnte sich bedienen. Das hat gut geklappt, weil die, die was dabeihatten, immer zu viel hatten. Und dann konnten die anderen davon essen. Das ist Politikunterricht, hat Rebecca mal gesagt, so lernen sie, was eine Gemeinschaft ist. Den Kindern hat das Spaß gemacht, aber leider nicht den Eltern. Zwei von denen haben mir irgendwann die Hölle heißgemacht. Ich habe versucht, denen das auf dem Elternabend zu erklären, aber die wollten das nicht verstehen. Wir füttern doch nicht die Kinder von anderen Leuten durch, haben die zu mir gesagt. Natürlich nicht in der großen Runde. Das haben sie sich nicht getraut. Beim Elternabend haben die sich das angehört. Beim Erzählen habe ich schon gemerkt, dass da was nicht stimmt. Die haben keine Miene verzogen. Höchstens mal die Augenbraue nach oben. Später dann. In der Sprechstunde. Da kam alles raus. Der eine Vater hat mit dem Anwalt gedroht. Als ich unser Experiment beenden musste, waren die Kinder traurig. Wie erklärt man denen das, ohne die Eltern zu blamieren. Ich habe lange mit Rebecca darüber gesprochen. Bloß nichts Schlechtes über die Eltern sagen. Das würde nur die Kinder beschämen, meinte sie. Und wenn die Eltern mitbekommen, dass du über sie redest während des Unterrichts, dann Gnade dir Gott. Das Schönste war: Selbst die, die normalerweise nie was für die Pause dabeihatten, haben plötzlich Sachen mitgebracht für unser Frühstücksbuffet. Keine Ahnung, wo die das herhatten. Wollte ich auch gar nicht so genau wissen. Einer hat jeden Morgen eine Tüte Chips dabeigehabt. Dann haben wir über Ernährung geredet. Warum die Chips so gut schmecken. Und die Möhren nicht. Und warum die Chips nicht richtig satt machen. Das Brot aber schon. Und warum ich die Chips nie angerührt habe. Schade, dass wir das nicht weitermachen konnten. Aber der Frühstückstisch hinten in der Klasse ist geblieben. Immerhin. Mein Direktor hat damals gesagt: Wir sind eine Schule. Vielleicht müssen Sie sich daran noch gewöhnen, Frau Inan. Ich musste mir andauernd solche Sprüche anhören. Als wäre ich gerade vom Baum gestiegen. Es war kurz vor der Pause. Noch fünf Minuten, sagte ich, noch fünf Minuten und dann sammle ich die Blätter ein. Ich starrte weiter aus dem Fenster. In diesem Augenblick tröpfelten die ersten Farbtupfer auf den Schulhof. Einer der Kollegen hatte es wieder mal nicht bis zur Pause ausgehalten. Ein paar Mädchen schlenderten mit ihren viel zu dünnen Jacken quer über den Hof. Die Jungs standen da mit den Händen in den Hosentaschen. Ich konnte keinen Lehrer sehen. Zwei Schüler drückten sich beim Tor rum. Ich vermutete, dass sie bald rausgingen zum Rauchen. In dem Moment kam eine Frau mit ihrem Sohn über den Hof. Igor mit seiner Mutter. Wahrscheinlich waren sie gerade beim Direktor. Oder die Mutter musste ihn abholen. Wie oft sprachen wir bei den Konferenzen über diese Jungs. Das ist das Alter. Meine Brüder waren in dem Alter auch so. Die wissen überhaupt nicht, wo sie hingehören. Die Eltern verstehen sie nicht. Die Lehrer wollen meistens nur irgendwelche Leistungen sehen. Und wenn sie ins Internet gehen oder Fernsehen gucken oder über die Straße laufen, dann hören sie die ganze Zeit nur, dass sie Probleme machen, dass sie hier nicht hingehören. Keiner nimmt sie in den Arm und sagt ihnen liebevoll, dass es schön ist, dass sie da sind, und dass es gut ist, wie sie sind. Das kennen die gar nicht. Und weil die keiner will, können sie sich selbst nicht leiden. Das ist nicht bei allen so. Aber bei vielen. Wenn du ein gutes Umfeld hast, dann kommst du da wieder raus. Aber wenn sich keiner kümmert oder wenn deine Eltern nicht mit dir reden, dann rutschst du immer tiefer in diesen Morast aus Selbstmitleid und Wut. Ich hatte Arztkinder in meiner Klasse, echte Kartoffeln, Deutsche, Mutter zu Hause, Topwohnung, immer die besten Klamotten, gut in der Schule, aber selbst die schmieren ab, wenn sie in die Pubertät kommen. Aber danach fangen sie sich wieder. Mit ein paar Narben und Blessuren geht's dann weiter. Die Mutter war in Eile, das habe ich gesehen. Igor schlurfte ein paar Schritte hinter ihr her. Die Frau tippte irgendwas in ihr Handy. Sie drehte sich kurz um, um zu sehen, wo ihr Sohn blieb. Über der Schulter eine blutrote Tasche mit buntem Strass drauf. Igors Mutter trug an dem Tag eine Jacke mit einem riesigen Pelzkragen. Das sah komisch aus. Die kleine Frau und der monströse Kragen, der sie zu verschlingen drohte. Igor trug weiße Turnschuhe, eine glänzende schwarze Jacke. Viel zu dünn, dachte ich, wie die Mädchen. Seine Haare waren kurz rasiert. Zu Igor passte das nicht. Man konnte sich auch nicht vorstellen, was er gemacht hat, wenn er nicht in die Schule gekommen ist. Das war nicht so ein Shopping-Mall-Rumhänger, kein Bahnhofssteher, kein Im-Park-Saufen-Typ. Igor war mit sich alleine. Deshalb war seine Montur auch die falsche Haut. Cordhose und Wollpullover hätten ihm besser gestanden. Diese Schüler leben in einer Hülle, die gar nicht zu ihnen passt. Aber niemand ist da, der ihnen eine andere Haut anbieten würde. Da gibt es nur diese eine Uniform. Für die Jungs ist das schlimm: Fußballerfrisur, diese komischen Hosen. Ich dachte in dem Moment, jetzt müsste es doch gleich mal zur Pause klingeln. Igor hat einfach zu viel geschwänzt, und wenn man ihn was gefragt hat, hat er nichts gesagt. Ich glaube, Anthoff wollte ihn loswerden. Er fühlte sich machtlos. Igor wahrscheinlich auch. Keine Ahnung. Anthoff der Direktor. Igor der Schüler.

Vielleicht hätte ich den Polizisten das mit meiner Schwester erzählen sollen. Mag sein, dass sie mich dann besser verstanden hätten.

Alexander stand mit seinem Freund Matteo am Schultor. Igors Mutter blieb kurz stehen, steckte ihr Handy in die riesige Tasche und klappte ihren rechten Arm nach oben, so als wollte sie ihren Sohn auffordern, sich bei ihr unterzuhaken. Als Igor auf ihrer Höhe war, vergrub er seine Hände noch tiefer in seinen Hosentaschen. So als wollte er sagen: Bitte nicht. Lass mich in Ruhe. Siehst du nicht, wie peinlich das ist. Alexander und Matteo drehten sich um und beobachteten die Szene. Ich konnte den Ausdruck in ihren Gesichtern nicht erkennen. Ich war zu weit weg. Die beiden Gesichter sind schon oft vor meinen Augen aufgetaucht. Ich stand auf dem Laufband, da grinsten mich die beiden an. Ich wollte eine Hose kaufen, da sah ich ihre Gesichter in der Umkleidekabine, beim Bäcker glotzten sie aus dem Brötchenfach, im Kino tauchten sie in einer Autowerbung auf. Sie lachen, sie feixen, sie weinen, sie reißen die Augen auf, sie blinzeln, sie zeigen die Zähne, sie schauen mich wütend an.

Die haben mit mir gesprochen, als wäre ich die Verdächtige. Der eine Polizist hat sich ans Fenster gestellt und rausgeschaut. Dann hat er gesagt, dass ich das, was ich erzählt habe, von dort aus gar nicht hätte sehen können. Aber warum sollte ich es dann erzählen?, habe ich ihn gefragt. Das frage ich mich auch, hat er geantwortet. Mir kam es so vor, als würde der in einem Krimi mitspielen. So hat er sich jedenfalls verhalten. Einmal hat er mich gefragt, warum ich die ganze Zeit grinse. Das verstehen

Sie nicht, habe ich ihm geantwortet. Da hat er versucht, mich mit seinem unbeweglichen Blick an die Wand zu nageln. Was dazu führte, dass ich erst recht grinsen musste. Seine Kollegin, Frau Giselski, stand in der Tür des Klassenzimmers und hat sich Notizen gemacht. Mein Kollege meint das nicht so, hat sie gesagt. Dann soll er es auch nicht so sagen. Ich wurde pampig. Das kenne ich von mir. Frau Giselski meinte, ich müsse mit einer posttraumatischen Belastung zurechtkommen. Da sei man leicht reizbar. Und dann habe ich es nicht mehr ausgehalten. Wissen Sie was, Frau Giselski, mein ganzes Leben ist eine einzige posttraumatische Belastung. Und Sie mit Ihrem scheiß Gerede machen es nicht gerade besser. Ich ziehe meine Aussage zurück. Ich habe gar nichts gesehen. Hier war Klassenarbeit. Probe. Ich hatte gar keine Zeit, aus dem Fenster zu schauen. Lassen Sie mich in Ruhe. Und warum haben Sie sich dann bei uns gemeldet, hat ihr Kollege gefragt. Etwa weil Sie sich wichtigmachen wollten? Da müssen wir aber noch mal drüber reden. Der Typ triumphierte. In dem Moment kam Anthoff. Er schaute zu den Polizisten. Er sah mich an. Er merkte sofort, was los war. Er kam auf mich zu und hat mich in den Arm genommen. Mein Direktor. Anthoff. Er fühlte sich gut an. Kräftig. Warm. Ich hörte, wie der Polizist zu Frau Giselski sagte, okay, dann machen wir später weiter. Anthoff hielt mich fest. Als er die Umarmung auflöste, waren die Polizisten weg. Was wollten die von dir?, hat er mich gefragt. Ich weiß es nicht. Er hat mich geduzt. Plötzlich hat er mich geduzt und es fühlte sich richtig an. Er hielt meine Hand. Die schicken uns eine Psychologin, hat er gesagt. Krisenintervention. Vielleicht willst du mit der mal reden.

Wir saßen in der Konferenz und mir wurde schwarz vor Augen. Ganz plötzlich. Das Blut sackte in meine Füße, ich konnte mich grade noch so auf dem Stuhl halten. Ich stützte mich mit den Ellbogen auf dem Tisch und versuchte geradeaus zu schauen. Nach einer gefühlten Ewigkeit, das waren höchsten zehn, zwanzig Sekunden, wurde es wieder hell. Corinna, die Kollegin, die neben mir saß, schaute mich ängstlich an. Es brach viel zu laut aus mir heraus: Was ist? Was guckst du so? Ich hatte keine Kontrolle mehr über meine Stimme. Anthoff unterbrach seinen Vortrag, er war gerade dabei, über das neue Umweltkonzept an der Schule zu referieren. Die meisten Kollegen interessierte das nicht die Bohne. Das war wie überall: Wer damit beschäftigt ist, sein Überleben zu sichern, kann sich nicht auch noch um recycelbare Pappbecher kümmern. Aber niemand traute sich, das zu sagen. Keiner wollte sich in so einer Sitzung die Blöße geben. Dabei ging es allen gleich. Bis auf ein paar. Die taten so, als wäre alles ganz easy. Der Direktor sagte bei jeder Gelegenheit, dass es keine Probleme gäbe. Das war bei ihm wie ein Glaube. Er glaubte an diesen Optimismusgott. Es gibt nur Chancen und Herausforderungen, sagte er immer wieder. Keine Ahnung, wo sie ihm das Gehirn gewaschen hatten. Aber Herr Anthoff, ist doch egal, wie Sie das nennen, ob Problem oder Herausforderung, das ist doch ganz gleich, es geht darum, wie es den Menschen geht. Ob sie Kraft haben oder gut geschlafen haben, oder sich was zutrauen. Richtig, Frau Inan, hat er gerufen, richtig, aber die Sprache, die Sprache, die bestimmt unser Bewusstsein. Wir leben in einem der reichsten Länder der Erde. Uns geht es gut. Hier und da ein paar undichte Fenster, zu viel Arbeit, aber das kann doch nicht so schlimm sein. Fahren Sie mal in die Ukraine, wie es da aussieht. Das war sein Lieblingsbeispiel, weil er da mal für vier Wochen hospitiert hat, irgendein Austauschprogramm der EU. Das war schon Jahre her, aber das beschäftigte ihn. Manche Leute haben ein Erlebnis und zehren davon eine Ewigkeit. Und bei jeder passenden und unpassenden Gelegenheit fing er davon an. Jede Beschwerde, jedes Klagen, das leiseste Zögern, wenn neue Aufgaben aufgerufen wurden, stellte er sofort in diesen Zusammenhang. Ukraine. Wir haben doch keinen Grund, uns zu beschweren. Er hatte recht, aber das änderte nichts daran, dass es den Leuten schlecht ging. Jedenfalls unterbrach er seinen Vortrag, weil ich zu laut war. Haben Sie eine Frage, Frau Inan? Nein, habe ich fast geschrien, nein, ich habe nur eben etwas zu laut gesprochen. Ich weiß auch nicht warum. Ich finde Ihren Vortrag spitze. Da fingen die Kollegen an zu lachen. Ich musste grinsen und Anthoff meinte nur, kann ja mal vorkommen. Dann sprach er weiter von seiner Umweltsache und dem Zertifikat, das die Schule bald bekommen sollte. Als nächster Punkt war Igor an der Reihe.

Igors Klassenlehrer war so alt wie ich. Mitte dreißig. Seine Fächer: Deutsch, Mathe, Religion. Mörderkombination. Als Anthoff den nächsten Tagesordnungspunkt aufgerufen hatte, stand Igors Klassenlehrer auf, steckte sein zerknittertes, gestreiftes Hemd in die Cargo-Hose und blickte in die Runde. Er ließ sich Zeit und schien die Aufmerksamkeit zu genießen. Was soll ich sagen, fing er ganz gemächlich an, ihr alle kennt das Problem. Der Schüler fehlt sehr oft. Und wenn er anwesend ist, kann man kaum mit ihm sprechen, weil er einen nur anstarrt. Mit den Mitschülern kommt er ganz gut zurecht. Wobei ich nicht weiß, ob er Freunde hat. Ist für meine Beurteilung auch nicht relevant. Die Leistungen sind miserabel. Außer Sport und Erdkunde. Der Kollege sprach, als wäre er im Gericht. Er versuchte, ganz sachlich zu bleiben, aber wie kann man sachlich bleiben, wenn man über einen Schüler spricht. Igor ist doch kein Ding, dachte ich. Der Schüler wird auf keinen Fall versetzt. Das wäre schon das zweite Mal. Aber was bringt es, wenn er die Klasse wiederholt. Es wird sich nichts ändern. Da meldete sich der Erdkundelehrer und sagte, dass er sich wundere, warum der Schüler nur bei ihm gute Zensuren habe. Der Klassenlehrer stand wieder auf, schaute den Direktor an und sagte in seine Richtung, dass ihn das nicht wundere, wenn man die Leistungsgrenze derart nach unten verschiebe, dass es gar keine Vergleichsmöglichkeiten mehr gebe. Und dann ging die übliche Debatte los und alle redeten aufeinander ein, die Positionen waren klar, es gab die einen, die die Noten am liebsten abschaffen wollten und deshalb meistens gute Zensuren gaben, und die anderen, die der Meinung waren, dass wir doch Unterschiede in den Bewertungen brauchten, und deshalb versuchten, genau zu sein. Und gerecht. Das sagte der Klassenlehrer unentwegt: Gerecht. Was das denn sei, gerecht, dass das doch alle von sich dachten, gerecht zu sein, und warum wir endlich mal verbindliche Regeln bräuchten, und an diesem Punkt schaltete sich Anthoff wieder ein und verwies auf die Bildungspolitik, dass wir das als Kollegium nicht lösen könnten, aber er freue sich über die lebhafte Diskussion. Das war wie in einem Parlament, wo man schon weiß, wer was sagt, bevor einer den Mund aufmacht. Die Positionen stehen fest. Ich bin in einer Lehrerkonferenz noch nie überrascht worden. Und dann meldete sich noch mal eine Kollegin von der Ich-möchte-eigentlich-keine-Noten-geben-Fraktion. Sie wolle doch noch mal auf den Fall Igor zu sprechen kommen. Das sei doch alles viel komplexer, als es hier dargestellt werde. Man müsse das doch auch im Zusammenhang seiner sozialen und familiären Situation betrachten, die Mutter sei alleinerziehend, der Vater nicht präsent, und die Frau spreche bis heute nur gebrochen Deutsch. Da könne man doch verstehen, dass der junge Mann Probleme habe und nicht mitkomme, wenn sich die Mutter weigere oder zumindest schwertue, die Sprache des Landes zu lernen, in dem sie lebe. Das müsse sich doch zwangsläufig auf die Leistung des Jungen auswirken, wenn zu Hause gar kein Deutsch gesprochen werde, schließlich sei Sprache doch der Schlüssel zu allem. Das sei im Übrigen in der Türkei nicht anders als in Russland oder Bangladesch. Man müsse dem Jungen helfen. Indem man der Mutter helfe. Und ob man den Jungen nicht für eine Zeit aus dem Benotungssystem rausnehmen könne. Vielleicht verringere das den Druck und helfe ihm. Beinahe wäre mir schon wieder schwarz vor Augen geworden. Aber dann gab es diesen Adrenalineinschuss. Es fing an mit einem Kribbeln im Bauch, das Herz schlug immer schneller, die Muskeln spannten sich an, was dazu führte, dass ich plötzlich kerzengerade dasaß, die Augen aufgerissen, wieder diese verräterischen roten Flecken am Hals. Ganz ruhig, Frau Inan, sagen meine Schüler manchmal, sonst kriegen Sie wieder Flecken. Meistens lachen wir dann zusammen. Im Lehrerzimmer war mir nicht nach Lachen zumute.

Ich saß da und hatte rote Flecken am Hals, die immer größer wurden und sich zu einem leuchtenden, wunden Meer verbanden. Die Epidemie fraß sich von den Ohren den Hals entlang über das Dekolleté in die Bluse hinein. Die Augen funkelten, es fühlte sich an, als würden sich die Lider gar nicht mehr schließen wollen. Ich starrte in die Ferne, die es nicht gab. Hatte die Kollegin das eben wirklich gesagt? Das mit der Sprache? Dass diese schlechten Leistungen und das Verhalten des Schülers nicht verwunderten, da die Mutter kein Deutsch spreche. Hatte ich richtig gehört? Ich drehte mich langsam zu meiner Freundin Rebecca, die ganz ruhig dasaß und durch einen Wollpullover hindurch ihren schwangeren Bauch streichelte. Bleib locker, flüsterte sie. Sie ahnte schon, was jetzt kam. Geh nach der Konferenz zu ihr und sprich sie darauf an, flüsterte Rebecca. Es war zu spät. Liebe Marlies, so hieß die Kollegin, die das vorher gesagt hatte, pass mal auf. Ich erhob mich. Kratzte mich mit der Linken am Hals. Presste meine Lippen fest gegeneinander. Alle starrten mich an. Ich setzte mich wieder, atmete kräftig aus und versuchte zu lächeln. Ich erinnerte mich an einen Workshop, den ich während meines Studiums besucht hatte. Dort hatten wir geübt, wie man mit solchen Situationen umgeht. Durchatmen. Alle anschauen. Kurz nachdenken. Was will ich sagen. Nicht hetzen lassen. Alles nicht so dringend. Doch, dachte ich, es ist dringend. Sehr dringend sogar. Mein Herz wollte raus. Einfach raus.

Liebe Marlies, sagte ich noch mal, nachdem ich mich hingesetzt hatte. Wir kennen uns jetzt schon seit vier Jahren. Wir sitzen hier fast jede verdammte Woche zusammen in irgendwelchen Konferenzen und Besprechungen. Als du hier angefangen hast an der Schule, warst du verzweifelt, weil du mit dem Arbeitspensum nicht klargekommen bist. Du hast keinen Zugang gefunden zu deinen Schülern. Erinnerst du dich? Kurz vor den Osterferien bist du zu mir gekommen. Das war in deinem ersten Jahr. Kann ich mal mit dir sprechen?, hast du mich gefragt. Und dann sind wir in die Stadt gegangen und haben Kaffee getrunken. Und das haben wir dann jede Woche gemacht bis zu den Sommerferien. Du hast mir von deinen Problemen erzählt und ich habe versucht, dir Tipps zu geben. Wie du mit den Jungs reden musst. Warum die sich so verhalten und nicht anders. Und langsam ist es besser geworden. Ich hatte am Anfang genau die gleichen Probleme. Die nehmen mich nicht ernst, die trauen mir nicht, ich komme mit meinem Stoff nicht durch. Und dann diese Angst vor den Hospitationen. Was ist, wenn heute einer kommt und zuschaut. Da wir beide dieselben Fächer unterrichten, konnte ich dir richtig gut helfen. Irgendwann hast du mich mal gefragt, warum ich eigentlich so stark und so ruhig sei. Wo ich das hernehme, so viel Liebe für die Schüler, für die Kinder. Warum ich so wenig Angst habe vor denen. Vor dem Unterricht. Weiß auch nicht, habe ich damals gesagt. Keine Ahnung. Ist halt so. Ich mach mir nicht so viele Gedanken. Ist meine Natur. Ich kenne diese Kinder, weil ich selbst so eins war. Zwei jüngere Brüder. Tausend oberflächliche Erklärungen. Heute weiß ich, warum ich gut klarkomme. Vor einem Jahr ist meine Mutter gestorben. Sie hatte Krebs. Sie ist immer dünner geworden, schwächer, irgendwann war sie einfach weg. Wir konnten ihr zusehen beim Sterben. Und mit jedem Tag, der sie dem Tod näher gebracht hat, ist in mir ein Gefühl gewachsen, das mich bis heute ganz angefüllt hat, erst den Bauch, dann die Beine, die Arme, schließlich den Hals und den Kopf. Es ist wie eine Füllung, die ich in mir trage. Warm und weich. Dankbarkeit. Dankbarkeit dafür, dass ich eine Mutter hatte, die mich geliebt hat. Diese Mutter hat fast alles dafür getan, dass es ihren Kindern gut geht. Und sie wusste, dass es in dieser Gesellschaft nur vorangeht, wenn man etwas lernt. Wenn man gut ist, wenn man Leistung bringt. Und deshalb hat sie mich als kleines Mädchen zum Turnen gebracht, sie hat mich jede Woche zum privaten Englischunterricht begleitet, sie hat mir Lieder vorgesungen, sie hat mit mir geredet, sie hat mich geküsst und sie hat mit mir geschimpft, wenn ich Mist gebaut habe. Sie hat meine Brüder zu anständigen Jungs erzogen. Und bei der Abifeier war sie die stolzeste Mama von allen. Als ich ihr erzählt habe, dass ich Lehrerin werden will, da hat sie ganz ernst geschaut und gesagt: Kind, du wirst eine gute Lehrerin, so eine Lehrerin wie dich hätte ich auch gerne gehabt. Und dann hat meine Mutter mich jede Woche im Studentenwohnheim besucht. Jede Woche ist sie mit der S-Bahn gekommen und hat mir selbst zubereitete Speisen vorbeigebracht. Türkisches Essen. Für meine Mitbewohner war das ein Feiertag. Jede Woche. Einmal war Mama krank und konnte nicht kommen. Da haben die Mitbewohner protestiert und beklagt, dass ihnen was fehlt. Als ich verbeamtet wurde, hat meine Mutter gesagt, dass ich jetzt Kinder kriegen kann. Sie hat verstanden, dass man als Frau unabhängig sein muss. Meine Mutter hat alles dafür getan, dass ich meinen Weg gehe. Und weißt du was, liebe Marlies, meine Mutter hatte keine Ahnung von dem ganzen Zeug, das mich interessiert. Bücher, Popmusik, Kickboxen, Spanisch, Food Blogs, Reisen. Keinen blassen Schimmer. Aber sie hat mich gefragt. Immer, wenn sie was nicht verstanden hat, hat sie mich gefragt. Sie hatte eine ganz besondere Art, Dinge herauszufinden. Sie hat zwei Stühle genommen und sie so aufgestellt, dass wir uns gegenübersaßen. Dann hat sie kurz die Augen geschlossen und hat dann mit ihrer rechten Hand meinen linken Arm berührt. Und dann hat sie meinen Oberarm gestreichelt. Ganz langsam und hat angefangen zu fragen. Kind, was ist Instagram. Kind, warum willst du Englisch studieren. Kind, wieso streitest du so viel mit deinen Brüdern. Kind, warum gehst du zum Boxen. Kind, warum ziehst du keine Röcke an. Und dann habe ich ihr alles erklärt. Ich habe natürlich auch geflunkert, beschönigt, Sachen weggelassen, aber ich habe meiner Mutter die ganze Welt erzählt. Meine Welt. Und sie hat die Augen geschlossen und einfach zugehört. Das hat alles auf Türkisch stattgefunden. Dieser wundervollen, warmen, lustigen, beweglichen türkischen Sprache, die mir meine Eltern zu Hause beigebracht haben. Und jeden Sommer sind wir ins Sprachcamp ans Mittelmeer zu den Verwandten gefahren. Und weißt du was, liebe Marlies, diese Frau, die meine Mutter war, die ist 1978, als sie zwanzig Jahre alt war, aus Anatolien nach Deutschland gekommen, weil sie hier meinen Vater geheiratet hat. Mein Vater ist acht Jahre älter als meine Mutter. Er hat sein Leben lang hart gearbeitet und die Familie ernährt. Und meine Mutter hat vierzig Jahre in München gelebt und konnte bis zu ihrem Tod im letzten Jahr so gut wie kein Deutsch. Sie hat alles verstanden, das hat zumindest mein Vater behauptet, aber sie hat nicht in dieser Sprache gesprochen. Wir haben immer nur Türkisch miteinander geredet. Ihre Muttersprache. Meine Muttersprache. Und ihre Freundinnen waren alles Türkinnen. Und die haben nur Türkisch gesprochen. Als ich an der Uni war, gab es eine Zeit, da war ich sauer auf meine Mutter. Weil sie immer nur zu Hause saß und kein Deutsch konnte. Da habe ich mich sogar geschämt, dass sie nur Türkisch sprach. Einmal hat einer von meinen Mitbewohnern im Studentenwohnheim gesagt, dass er das befremdlich fände, wenn jemand so lange in einem Land lebe, dass er dann die Sprache nicht spreche. Irgendwie hatte er recht. Am nächsten Wochenende habe ich meinen ganzen Mut zusammengenommen und meine Mutter gefragt, warum sie eigentlich kein Deutsch spricht. Da war ich schon Mitte zwanzig. Da hat sie wieder zwei Stühle aufgestellt. Und wir haben uns so hingesetzt wie bei unseren Fragerunden, nur dass diesmal sie diejenige war, die geredet hat. Auf Türkisch. Dass ihr Mann immer davon gesprochen habe, dass sie wieder zurückgehen in die Türkei. Dass sie sich nicht stressen solle mit der Sprache. Niemand konnte ihr sagen, wo sie einen Sprachkurs hätte machen können. Als sie eine junge Frau war. Mit zwanzig. Und dann habe sie angefangen, auf eigene Faust Deutsch zu lernen. Mit dem Fernseher. Und dann sei sie in die Geschäfte gegangen und habe versucht, Sachen zu kaufen. Aber die Leute seien so unfreundlich zu ihr gewesen, dass sie sich nicht mehr getraut habe. Die Verkäufer hatten keine Geduld. Wenn ich nicht auf Anhieb wusste, welches Brot ich will, dann haben sie die Augen verdreht, hat meine Mutter gesagt. Einmal war ich auf dem Amt, hat sie erzählt. Ich wollte eine Bescheinigung abholen. Ich saß da viereinhalb Stunden. Erst als niemand mehr da war, kam der Mann aus seinem Büro und wollte nach Hause gehen. Als er mich da sitzen sah, hat er den Hausmeister gerufen. Der hat mich rausgeschmissen. Am nächsten Tag habe sie meine Schwester mitgenommen. Die habe alles geregelt. Auf Deutsch. So war das. Ich konnte ja nicht mal lesen, hat sie erzählt. Da ist mir erst klar geworden, dass meine Mutter nie eine richtige Schule besucht hat. Sie war Analphabetin. Sie sei nur noch in türkische Läden gegangen, hätte Ärzte gemieden, wenn sie kein Türkisch konnten. Zu den Sprechtagen in der Schule sei immer ihr Mann gegangen und so sei Jahr um Jahr ins Land gegangen, und die Kinder sind auf die Welt gekommen und die türkischen Freundinnen haben sich gegenseitig ausgeholfen bei allem, was anfiel. Die Männer hat das nicht interessiert. Die haben gearbeitet und waren froh, wenn sie sich um nichts kümmern mussten. Vielleicht war es ihnen auch ganz recht, dass ihre Frauen kein Deutsch gelernt haben. Keine Ahnung. Liebe Marlies, bei uns zu Hause wurde kein Deutsch gesprochen. Und jetzt sitze ich hier und bin deine Kollegin, eure Kollegin und unterrichte Englisch und Deutsch und Politik. Auf Deutsch. Und warum hat das alles so gut geklappt? Weil meine Mutter mit mir geredet hat. Weil sie mich geliebt hat. Die Sprache spielt dabei keine Rolle. Es ist egal, was die Kinder zu Hause für eine Sprache sprechen, entscheidend ist, welche Sprache sie in der Schule sprechen. Ich habe Deutsch im Kindergarten gelernt. Mit meinen Brüdern. Mit meiner Schwester. In der Grundschule. Überall, nur nicht zu Hause. Türkisch ist meine Muttersprache. Deutsch ist meine Geschäftssprache. Vielleicht denkst du darüber mal nach, bevor du das nächste Mal so einen Blödsinn verzapfst. Die roten Flecken waren weg. Alle starrten mich an. Marlies fing an zu heulen. Mitten in der Konferenz. So habe ich das nicht gemeint, habe ich noch gesagt. Anthoff unterbrach die Konferenz. In der Pause ist er zu mir gekommen und hat sich bedankt. Es ist gut, dass Sie sich so für Ihre Schüler einsetzen, Frau Inan. Es würde mir gut gefallen, wenn Sie sich bei der Kollegin entschuldigen. Sie fühlt sich missverstanden, vielleicht sogar bloßgestellt. Wissen Sie, was ich meine? Aber Herr Anthoff, habe ich gesagt, das ist doch nicht Ihr Ernst. Wofür soll ich mich denn jetzt entschuldigen? Tun Sie's einfach. Mir zuliebe.

Wenn sie blutet, blutet ihre Mutter.
Wir werden nie herausfinden, wer der Täter war.
Wir werden nie herausfinden, warum meine Schwester sterben musste.
Wir bluten einfach weiter.
Blut ist dicker als Wasser.
Und wenn sie mich fragen, was die Lösung ist.
Dann sage ich: Es ist Liebe.

Ich muss mich um meinen Vater kümmern. Rebecca hielt die dampfende Tasse mit beiden Händen und nippte an ihrem Pfefferminztee. Wenn du ihn sehen würdest, wie er tagsüber dasitzt. Müde. Kraftlos. Manchmal kommt sein Cousin. Und dann hocken sie im Wohnzimmer, trinken Tee und erzählen sich Geschichten von früher. Von Onkel Mehmet und von den Kollegen bei BMW. Er geht nicht mal mehr in die Moschee. Ich kann mich nicht mehr bücken, sagt er dann.

Ich erzählte Rebecca die ganze Geschichte von Mama, von Papas Leben, von meinen Brüdern, von Güldens Tod.

So viel Tod überall, sagte ich.

Rebecca bestand fast nur noch aus Bauch. Es kam mir vor, als würde sie in ihrer Schwangerschaft wohnen. Als wäre sie nichts anderes mehr als ein schwangerer Bauch. Sie ruhte und kugelte und dampfte und strahlte etwas aus, das ich bisher nicht wahrgenommen hatte. Sie saß da auf diesem Sessel, die Beine zur Seite, so als würde sie sich nie wieder von diesem Fleck wegbewegen. Das machte mir Angst.

Ich werde ihn in die Türkei begleiten. Und vielleicht bleiben wir da.

Rebecca nickte.

Ist es wegen Anthoff?

Ihre Frage kam so unerwartet, dass ich lachen musste.

Du kannst dich doch einfach versetzen lassen.

Ich will nicht mehr. Ich kann diese Kinder nicht mehr sehen. Mein Vater hat nie mit mir über Gülden gesprochen. Kein einziges Mal. Vielleicht schaffen wir das noch, bevor er stirbt.

Spätsommer 1991. Kurz nach meiner Einschulung. Ich saß zu Hause in der Küche bei meiner Mutter, die gerade irgendwas kochte, wie immer. Es klingelte Sturm. Die Nachbarskinder standen vor der Tür und schrien wild durcheinander. Ein Auto. Die Schwester. Blut. Kommen. Schnell. Meine Mutter, mein kleinster Bruder Ilkay und ich sind sofort auf die Straße. Wir hatten nicht mal Schuhe an. Wir liefen den Mädchen hinterher. Als wir zwei Straßen weiter ankamen, standen schon etliche Leute da. Aus der Ferne hörte man ein Martinshorn. Ein Mann hielt meine Schwester auf dem Arm. Der Kopf hing runter, die Haare fielen zu Boden, das Bein stand zur Seite ab. Sie blutete aus den Ohren und aus der Nase. Der Hinterkopf war eingedrückt. Der Schrei meiner Mutter. Die Erinnerung setzt erst wieder ein, als ich bei unserer Nachbarin auf dem Sofa sitze und mein Vater reinkommt und mich und meinen Bruder auf den

Arm nimmt und mit uns nach Hause geht. Wie wir später erfahren haben, ist ein Ball auf die Straße gerollt, meine Schwester hinterher. In dem Moment kam ein Wagen. BMW. Zu schnell. Er hat sie erwischt, ohne zu bremsen. Sie ist durch die Luft geflogen und auf den Asphalt geknallt. Das Auto hat kurz angehalten und ist dann weitergefahren. Das haben später die Kinder berichtet. Sie war elf Jahre alt. Sie war meine ältere Schwester. Sie war ein ernsthaftes Kind. Sie begleitete meine Mutter zum Arzt, zum Amt, zum Einkaufen, in die Schule. Sie las mir am Abend deutsche Geschichten aus ihrem Lesebuch vor. Ihr Geruch ist bis heute in meiner Nase. Ich habe sie geliebt. Sie war meine ältere Schwester. Ihr Name war Gülden.

Ich habe mich längst entschieden aufzuhören.
Ich habe keine Lust mehr, die Kinder dieser Leute zu unterrichten.
Ich will Anthoff nicht mehr sehen.
Ich will Anthoff jeden Tag sehen.
Ich suche nach Vorwänden.
Ich vermisse Gülden.
Ich vermisse meine Mama.
Ich besuche meinen Vater jeden Tag.
Ich frage mich, warum wir Kinder unterrichten.
Ich frage mich wirklich, warum wir Kinder unterrichten.
Ich will Arabisch lernen.
Ich überlege ernsthaft, warum wir dieses System weiter füttern sollen.
Ich denke oft an Alexander.
Ich denke täglich an Igor.

Ich will wissen, was einen fünfzehnjährigen Jungen dazu bringt, einem anderen fünfzehnjährigen Jungen ein Messer in den Hals zu rammen.
Ich sehe das Blut an meinen Händen.
Ich fühle mich hilflos.
Ich will wissen, ob es das Paradies wirklich gibt, die Hölle.
Ich höre diesen Vater sagen: »Wenn es nach uns ginge, wären Sie hier nicht Lehrerin.«
Ich erkläre der Mutter, dass ihre Tochter eine Essstörung hat.
Ich muss wieder bei Anthoff antanzen.
Ich mag es, wenn er mich berührt.
Ich hasse mich dafür.
Ich bin nicht hilflos.
Ich habe keinen Plan.
Ich frage mich, was ich den Kindern noch beibringen soll.
Ich will die Kinder vor diesem Irrsinn da draußen schützen.

Ich finde es plötzlich nicht mehr attraktiv, Kindern Sachen beizubringen, damit sie einen Beruf lernen, den sie nicht mögen, arbeiten gehen, in Urlaub fahren, Geld ausgeben, Familien gründen und dann doch wieder nur unglücklich sind und ihre eigenen Kinder morgens dazu zwingen, in die Schule zu gehen, damit sie einen Beruf lernen, den sie nicht mögen, arbeiten gehen, in Urlaub fahren, Geld ausgeben, Familien gründen und dann doch wieder nur unglücklich sind und ihre eigenen Kinder morgens dazu zwingen, in die Schule zu gehen.

Ich denke darüber nach, an welcher Stelle ich diesen Kreislauf unterbrechen sollte.

Ich denke an Igor.
Ich denke an seine Tat.
Ich denke an seine Mutter.
Ich denke an seine Familie.
Ich denke an den toten Jungen, seine Eltern, sein Blut.
Ich will nicht schwanger werden.
Ich war glücklich.
Ich war unglücklich.
Ich bete.
Ich bete fünfmal am Tag.
Ich stehe zu Hause vor dem Spiegel und probiere verschiedene Tücher aus.
Ich fahre mit der U-Bahn zum Hauptbahnhof und binde mir auf der Toilette das schwarze Kopftuch mit dem silbernen Rand um.
Ich gehe shoppen.
Ich werde am Stachus angerempelt.
Ich kann nicht genau hören, was der Mann sagt.
Ich weiß, dass es etwas Gemeines war.
Ich habe Angst, meine Schüler zu treffen.
Ich gehe alleine ins Kino.
Ich vergesse, wer ich bin.
Ich ziehe das Kopftuch in der Dunkelheit des Vorführraums wieder aus.
Ich weiß nicht, wie es weitergehen soll.
Ich denke unentwegt an meine Mutter.
Ich denke an das Blut an meinen Händen.
Ich rufe meinen älteren Bruder Erkan an.
Ich rufe meine Freundin Rebecca an.

Ich rufe Anthoff an.
Ich lege wieder auf.
Ich fahre in die Türkei.
Ich begleite meinen Vater.
Ich höre die ganze Zeit das gleiche Lied.

Der Fahrer des Autos wurde nie ermittelt. Könnte also jeder sein. Das denke ich manchmal, wenn ich durch die Stadt gehe. Als mich der Polizist wegen der Sache mit Igor befragt hat, bin ich plötzlich wütend geworden. Warum habt ihr den Mörder meiner Schwester nie gefunden, habe ich gedacht. Habt ihr euch überhaupt angestrengt? Oder habt ihr gedacht, ach, Türkenkind, nicht so wichtig. Irgendwann kam dieser Brief von der Staatsanwaltschaft. Dass die Ermittlungen eingestellt wurden. Mein Vater hat meiner Mutter den Brief nie gezeigt. In der Nacht, als meine Mutter gestorben ist, war ich bei ihr. Es war morgens um halb fünf. Ich hielt ihre Hand und spürte, dass sie wach war. Draußen begann es zu dämmern. Ich saß in einem Sessel neben ihrem Krankenhausbett. Vom Flur hörte ich ein paar Stimmen, hastige Schritte. Das nervöse Klappern des Geschirrwagens. Da drehte meine Mutter ihren Kopf in meine Richtung und ich sah, wie sie weinte. Ihr Blick ganz neblig von den starken Schmerzmitteln, die Augen halb geschlossen. Trotzdem huschte ein Lächeln über ihr faltiges, eingefallenes Gesicht. Gülden, flüsterte sie ganz leise, Gülden. Und dann war es vorbei. Ihre Hand zuckte noch kurz. Und dann lösten sich ihre Finger. Ich blieb eine Weile so sitzen. Bis die Schwestern mit dem Frühstück kamen.

In dem Sommer vor der Sache mit Igor war ich auf Pilgerfahrt in Mekka. Ich bin mit Erkan gefahren, meinem älteren Bruder. Erkan ist BWler. Arbeitet bei der Bank. Er wollte erst nicht mit. Aber dann hat es ihm doch gefallen. Meine Mutter hat immer mit mir gebetet. Mein Leben lang. Bis sie gestorben ist. Das gehört zu meinem Leben wie das Atmen. Ich habe darüber nie nachgedacht. Ich habe es einfach getan. Die Reise nach Mekka war für sie. Es war saukomisch. Mein Bruder hat die ganze Zeit blöde Witze gerissen. Ich war froh, dass er dabei war, sonst hätte ich die anderen Leute aus unserer Reisegruppe nicht ausgehalten. Die waren alle viel älter als wir und haben so getan, als würden sie den verehrten Propheten gleich persönlich treffen. Aber der Weg um das Heiligtum herum, der hat mich berührt. Als ich zurückgekommen bin, war ich ruhig und entspannt wie lange nicht mehr. Nach den Ferien habe ich Anthoff gefragt, wie er es eigentlich finden würde, wenn ich demnächst mit Kopftuch in die Schule kommen würde. Das geht auf keinen Fall, hat er gesagt. Wir haben genug Diskussionen an unserer Schule. Nein, bitte nicht, hat er gesagt. Auf gar keinen Fall. Als ich da am Fenster stand, musste ich daran denken, weil ich die Mädchen sah, die da unten über den Schulhof liefen. Zwei von ihnen trugen Kopftuch. Bei den Schülerinnen ist das kein Thema an unserer Schule. Ganz praktisch bei so einem kalten, ungemütlichen Wetter, habe ich damals gedacht. Du sparst dir die Mütze. Die Ohren bleiben warm.

Die Journalisten haben den Kindern vor der Schule mit ihren Kameras aufgelauert. Sie wollten von den Sechstklässlern eine Einschätzung der Lage. Ob sie was gesehen haben, ob sie Igor kannten. Alles drehte sich um Igor, die ganze Zeit. Kein Mensch hat sich für den Toten interessiert. Der Junge hieß Alexander. Die Familie war noch nicht so lange da. Sie sind vor zwei Jahren aus Ostdeutschland hergekommen. Eine Kollegin hat mal erzählt, dass die eher rechts sind. Nach der Tat hat man von ihnen nichts mehr gehört. Wie verschluckt. Von der Bildoberfläche verschwunden. Uns Lehrer hat Anthoff angewiesen, nicht mit Journalisten zu sprechen. Die Eltern waren aufgebracht. Das ging rum wie ein Lauffeuer. Am Morgen nach der Tat brachten fast alle ihre Kinder in die Schule. Ich hätte geschworen, die lassen sie zu Hause. Aber nein. Im Gegenteil. Da standen plötzlich alle morgens in der Eingangshalle. Weil es so viele waren, hat Anthoff sie mit seinem Megafon in die Aula gelotst. Er sprang auf die Bühne und sprach ganz ruhig. Die Eltern und die Schüler verstummten. Er hat versucht, die Eltern zu beschwören, die Schüler zu beruhigen. Wir passen auf Ihre Kinder auf, hat er gesagt, bleiben Sie nicht allein zu Hause. Wir reden über alles. Niemand muss Angst haben. Und bitte, holen Sie Ihre Kinder nach Schulschluss wieder ab. Stehen Sie bereit, zeigen Sie Ihren Kindern, dass wir jetzt alle für sie da sind. Und reden Sie bitte nicht mit den Journalisten. Die Polizei versorgt die Zeitung mit den nötigen Informationen. Niemand kenne sich aus. Auch er habe so eine Situation noch nie erlebt. Aber er sei sich sicher, dass wir alle gesund und gestärkt aus all dem hervorgehen werden. In diesem Moment bewunderte ich ihn für seinen Optimismus und seinen Mut. Mir war kalt. Was, wenn jetzt alle durchdrehen? Was, wenn wir gebrochen und verletzt aus dieser Situation herauskommen? Was macht er dann?, fragte ich mich. Ein paar Kinder fingen an zu weinen. Anthoff schwieg. Und dann wünschte er allen Kraft und eine Hand, an die sie sich halten können. Die Lehrer sind mit ihren Kindern in die Klassenräume gegangen. Jeder hatte jemanden an der Hand oder im Arm. Es war still. Nullpunkt. Nur die Schritte, man hörte nur die Schritte und das Rascheln der Jacken.

Rebecca hat sich krankschreiben lassen. Den Stress tue ich mir nicht an, hat sie gesagt. Jetzt bringe ich erst mal mein Kind auf die Welt. Ich habe sie zu Hause besucht. Sie saß da in ihrem halb eingerichteten Wohnzimmer und hatte einen riesigen Schal umgebunden. Ihr Gesicht war angeschwollen. Der Hausbau ist ins Stocken geraten, hat sie gesagt. Wir sitzen hier in drei halb eingerichteten Zimmern. Die obere Etage ist praktisch unbewohnbar. Wir haben uns komplett verkalkuliert. Ihr Mann habe so viel auf der Arbeit zu tun, dass er sich nicht mehr richtig um die Baustelle kümmern könne. Egal, habe ich gesagt, Hauptsache ihr habt noch ein bisschen Zeit für euch und das Kind in deinem Bauch. Da fing Rebecca an zu heulen. Sie habe sich das alles viel schöner vorgestellt. Ich bereue, dass ich nicht mehr in die Schule komme, hat sie gesagt. So wie du aussiehst, würdest du nicht mal mehr die Treppe zum Musiksaal hoch schaffen. Ich habe versucht, sie aufzumuntern. Sie solle froh sein, dass sie den ganzen Wahnsinn dort nicht miterleben müsse. Die Schule sei nicht mehr wiederzuerkennen. Alle seien so behutsam miteinander. Die Schüler stritten gar nicht mehr. Die Lehrerkonferenz fühle sich an wie eine Selbsthilfegruppe, keiner wolle dem anderen Druck machen. Alle seien sehr verständnisvoll, bemühten sich, zuzuhören. Selbst die nervigsten und aggressivsten Kollegen, die sonst schlecht über ihre Schüler gesprochen haben, seien für ihre Verhältnisse weich und mitfühlend geworden. Es kommt mir vor, als würden alle über sich nachdenken. Der Tod ist mächtig. Ich habe ihr erzählt, dass Anthoff und ich uns jetzt duzen. Dass er mich in den Arm genommen habe. So eine Schule habe ich mir immer gewünscht, hat Rebecca gesagt. Und als ich ihr das von den Befragungen der Polizei, von den besorgten Eltern und den Politikern, die sich plötzlich für die Schule interessierten, erzählt habe, da habe ich gemerkt, dass ich das gar nicht mehr ernst nehmen kann. Ich habe an meine Schüler gedacht. Worauf bereiten wir die eigentlich vor?

Igor war eine Zeit lang in meiner Theaterklasse. Wir haben ein Stück geprobt. Das war letztes Jahr. Er wollte keine Rolle übernehmen. Bühnenbild hat ihn nicht interessiert. Kostüme kamen nicht infrage. Zur Technik war er nicht zu bewegen. Ich habe gedacht, gut, dann macht er eben nichts. Ich wollte mich daran nicht aufreiben. Wenn ich anfange, mich um ihn zu kümmern, dann kann ich das ganze Theaterprojekt sausen lassen. Er saß bei den Proben einfach nur da und hat gelangweilt aus der Wäsche geschaut. Die anderen hat das irritiert. Die Mädchen haben sich geschämt, weil er immer nur geguckt hat. Er hat nie was gesagt. Nicht mal eine Miene verzogen. Meistens hatte er die Füße auf dem Tisch. Er war jedes Mal da. Keine einzige Fehlstunde, aber er hat nichts gemacht, nichts gesagt. Er war wie ein Loch, in dem die gesamte Energie von zwanzig Kindern verschwand. Meine auch. Nach zwei Monaten habe ich das nicht mehr ausgehalten. Ich bin nach der Probe zu Igor hingegangen und habe ihn gefragt, warum er das macht. Er hat mir keine Antwort geben können. Und dann habe ich ihm einen Deal vorgeschlagen. Igor, habe ich gesagt, du musst nicht mehr kommen. Du kriegst eine Vier von mir. Also keine Fünf und keine Sechs. Aber du bleibst einfach zu Hause. Oder machst was anderes, mir egal. Der hat mich angestarrt, als wollte er sagen: Frau Inan, sind Sie jetzt komplett übergeschnappt? Wie soll das denn gehen? Und als ich das selbst realisiert habe, was das bedeutet hätte, also rein versicherungstechnisch und so weiter, da ist mir heiß und kalt geworden und ich habe Igor überrascht. Oder du wirst mein persönlicher Assistent, aber dann bist du mein Sklave und musst alles machen, was ich dir sage. Kein Mucks. Hast du verstanden? Und dann hat Igor gelächelt und mir seine Hand entgegengestreckt. Okay, hat er gesagt. Okay, habe ich geantwortet. Und von diesem Moment an ist er beim Theaterunterricht nicht mehr von meiner Seite gewichen. Er hat Kaffee geholt, das Textbuch gepflegt, er hat Termine aufgeschrieben und Requisiten besorgt. Igor war der beste Assistent, den man sich wünschen kann. Zwei Wochen vor der Premiere ist Igor ausgestiegen. Er kam einfach nicht mehr. Die Premiere war zwei Wochen vor den Sommerferien. Seine Mitschüler haben mir erzählt, dass er zu den anderen Stunden erschienen ist. Mir ist er seitdem aus dem Weg gegangen. Ich habe seinen Klassenlehrer gefragt, ob er was weiß, aber der hat nur abgewunken. Für mich ist der Fall erledigt, hat er gesagt. Igor wird nicht versetzt. Nach den Ferien ist das nicht mehr mein Problem. Von mir hat er eine Eins bekommen.

Sie waren kurz vor dem Tor, als Igor stehen geblieben ist. Die Mutter ist weitergegangen. Sie war schon auf dem Bürgersteig vor der Schule. Da griff Igor mit seiner rechten Hand in die Innenseite seiner Jacke und zog ein Klappmesser hervor. Er war nur noch wenige Schritte von seinem späteren Opfer entfernt. Ja, es gab Kontakt zwischen den beiden. Nein, ich konnte von dort, wo ich stand, nicht hören, welche Worte gefallen sind. Ich habe gesehen, wie Igor auf die beiden Jungen zugestürmt ist. Der andere Junge ist aus dem Tor rausgelaufen und hat sich von hinten an Igors Mutter geklammert. Igor hat sein Messer in den Hals des anderen Jungen gerammt. Nein, ich konnte Igors Gesicht nicht sehen, er war viel zu weit weg. Ich weiß nicht, ob es geschneit hat. Der Junge brach sofort zusammen. Igor legte sein Messer ganz ruhig neben das Opfer und kniete sich in die Einfahrt. Erschöpft sah das aus. Wie nach einem Hundertmeterlauf. Von da an weiß ich nicht mehr, was auf dem Schulhof passiert ist, weil ich dann zu meiner Tasche gestürmt bin, die auf dem Lehrerpult stand. Ich habe meinen Schlüssel gepackt und bin aus dem Klassenzimmer gerannt. In der Tür bin ich kurz stehen geblieben und habe meinen Schülern zugerufen: Ihr bleibt hier und rührt euch nicht vom Fleck! Ich habe das Klassenzimmer von draußen abgeschlossen und bin wie von Sinnen die zwei Stockwerke runter und raus auf den Schulhof. Als ich unten angekommen bin, klingelte es zur Pause. Ich rannte zum Tor und sah den Jungen auf dem Asphalt liegen. Die Mutter kniete neben dem Opfer und schrie. Ich lief hin und versuchte sofort, die Blutung zu stoppen. Ich drückte meine Hand auf die Wunde am Hals. Aber es half nichts. Das Blut quoll warm und klebrig zwischen meinen Fingern hindurch. Inzwischen kamen noch weitere Schüler und Lehrer dazu. Weg, weg!, habe ich die Kinder angeschrien. Kurze Zeit später traf auch schon ein Rettungswagen ein. Die Polizei versuchte, alle Personen in das Schulgebäude zu schicken. In diesem Moment fiel mir ein, dass meine Kinder noch im Klassenzimmer waren. Mit blutverschmierten Händen und Armen lief ich durch die Schülertrauben hindurch und versuchte, in den dritten Stock zu kommen. Eine Polizistin wollte mich aufhalten. Wo wollen Sie hin?, rief sie mir zu und ich schrie sie an, dass ich zu meiner Klasse müsse, die stecke fest in ihrem Zimmer. Ich komme mit, sagte die Polizistin. Als ich die Tür zu unserem Klassenzimmer öffnete, hörte ich schon, dass einige laut weinten. Im Klassenzimmer verteilt saßen die Kinder in kleinen Gruppen und hielten sich im Arm. Ein paar standen am Fenster und beobachteten, was auf dem Schulhof passierte. Frau Inan, wir haben uns solche Sorgen gemacht. Müssen wir die Arbeitsblätter noch abgeben?, fragte mich eines der Mädchen und fing an zu weinen. Ich habe sie in den Arm genommen und gesagt, dass alle eine Eins bekommen. Dann kamen noch ein paar von den Schülern und wir lagen plötzlich auf dem Fußboden wie so eine Traube jubelnder Fußballer. Es hört sich komisch an, aber das war der schönste Moment in meiner ganzen Karriere als Lehrerin. In dem Moment kam schon die erste Mutter in den Klassenraum geschossen. Ich wusste ja nicht, was los ist, habe ich gerufen, so als hätte ich mich dafür entschuldigen müssen, dass ich die Kinder eingeschlossen habe.

Rebecca hat mir eine WhatsApp-Nachricht geschrieben. Mit Bildern von ihrem Baby. Ich war gerade auf dem Weg vom Lehrerzimmer in Anthoffs Büro. Sie können gleich reingehen, begrüßte mich seine Sekretärin. Die Tür zu seinem Zimmer stand offen. Ich trat ein und stellte mich ans Fenster. Die Bilder waren komisch. Ein puterroter, fetter Säugling. Auf einem Bild sah man nur die schuppige Hand und das Namensbändchen am Gelenk. Sophia Fatma stand da drauf. Mich traf fast der Schlag. In dem Moment kam Anthoff in sein Büro, schloss die Tür und stellte sich neben mich.

Was hast du da?, fragte er.

Ich zeigte ihm die Fotos. Wir drehten uns so, dass das Licht von oben auf das Handy fiel, dabei legte er seinen Arm um meine Schulter und berührte mich mit seiner Hüfte.

Was für ein Brummer!, scherzte er.

Ich stand wortlos da.

Die Schulfamilie wird immer größer, sagte er, ich bin gespannt, wann wir die Kollegin wiedersehen.

Seine Wange war ganz nah an meinem Gesicht. Er roch gut. Wir standen eine Weile so da. Viel zu lange für ein Bild. Ich traute mich nicht, mich zu bewegen. Sein Atem roch nach Pfefferminze und Kaffee. Ich überlegte krampfhaft, wie ich die Situation wieder auflösen konnte.

Wir müssen reden, presste ich schließlich hervor.

Kopftuch?

Schlimmer.

Anthoff lachte.

Noch schlimmer?

Ich kann nicht mehr.

Er sah mich ungläubig an, öffnete etwas theatralisch die Arme und drückte mich dann fest an sich.

Das kann ich gut verstehen. Nach all dem, was hier los war. Aber Fatma, weißt du, wir brauchen dich hier. Wir müssen da jetzt durch. Gemeinsam. Die Schüler lieben dich. Ich drehte mich aus seiner Umarmung und schaute aus dem Fenster. Ich erklärte ihm, dass ich offen und ehrlich mit ihm sein wolle. Ich war von mir selbst überrascht. Für einen kurzen Moment wünschte ich mir, dass er mich wieder in den Arm nehmen würde. Ich bin verwirrt, sagte ich. Ich auch, antwortete er und stellte sich ganz dicht hinter mich.

Natürlich wollten die rausfinden, warum er das getan hat. Ich habe den Polizisten erklärt, dass ich ihnen nichts Negatives zu Igor sagen kann. Ganz ehrlich: Der andere war der Rabauke. Er und sein Freund haben die ganze Schule tyrannisiert. Vor allem die Kleinen. Einmal kam eine Sechstklässlerin zu mir und hat bitterlich geweint. Die Jungs hätten ihr gedroht, die Haare abzuschneiden, wenn sie nicht ihr Taschengeld bei ihnen abliefere. Die Polizisten wollten das gar nicht hören. Sie müssen den Schüler nicht in Schutz nehmen, hat einer von den Vernehmern gesagt. Das nützt niemandem.

Können Sie mir sagen, warum ein Jugendlicher so was macht?, habe ich sie gefragt.

Nein.

Aber Sie sind doch die Experten.

Es gibt keine Erklärung.

Das stimmt nicht.

Na dann mal los.

Als ich meinem Bruder erzählt habe, dass ich aufhören will, hat er gelacht. Du willst immer mit allem aufhören, hat er gesagt, seit ich dich kenne.

Diesmal ist es ernst.

Wegen der Sache mit dem Jungen?

Weiß nicht.

Du bist die beste Lehrerin der Welt. Weißt du noch, als wir deine Schüler nach dem Kino auf der Sonnensraße getroffen haben? Die sind auf dich zugerannt und dir in die Arme gefallen. Du warst für die wie eine große Schwester.

Vielleicht deshalb.

Was?

Vielleicht will ich deshalb aufhören. Die haben gedacht, wir sind ein Paar. Die wollten nicht glauben, dass du mein Bruder bist.

Klar, Frau Inan, Bruder. Würde ich auch sagen an Ihrer Stelle.

Dann habe ich denen ein paar Fotos auf dem Handy gezeigt. Die ganze Familie. Danach haben sie es geglaubt.

Frau Inan, Sie haben voll den attraktiven Bruder, hat die eine gesagt.

Wir mussten lachen.

Das willst du aufgeben?

Ich habe ihnen auch ein Bild von Gülden gezeigt. Sind Sie das, als Sie jung waren, haben sie gefragt.

Da musste ich weinen. Als ich danach zum Yoga bin, war mir schwindelig. Ich habe die Stunde abgebrochen und bin nach Hause.

Manchmal höre ich meine Schwester sprechen. Ich erinnere mich noch so gut an ihre Stimme. Als ich Rebecca von Anthoff erzählt habe, hat sie mich unterbrochen und gefragt, ob da was sei zwischen uns. Ich war baff.

Wie kommst du darauf?

Weil du leuchtest, wenn du von ihm sprichst.

Er ist verheiratet.

Na und.

Rebecca schaute erschrocken. Wie ein Fuchs, der in der Nacht von einem Auto geblendet wird. So als hätte sie gerade in einem Sekundenbruchteil ihre eigene Existenz aufs Spiel gesetzt, indem sie sich vorstellte, wie es eigentlich wäre, wenn sie selbst aus ihrem halb fertigen Neubau am Stadtrand ausziehen würde. Mit einem anderen Mann. Oder ihr Mann mit einer anderen Frau.

Hast du schon mal Stimmen gehört?, habe ich sie gefragt.

Nein, hat sie geantwortet und dabei durch mich hindurchgestarrt.

Seit der Sache mit Igor spricht meine Schwester zu mir. Ich höre ihre Stimme. Wenn ich alleine im Hausflur bin. Oder abends vorm Einschlafen. Neulich war ich schwimmen. Die ganze Zeit über war sie in meinem Ohr. Mit ihrer schönen Stimme. Sie fragt mich dauernd Sachen. Wo kriegt ein Junge so ein Messer her? Wie kannst du weiterleben, wenn dein Kind ermordet wird? Gibt es Eltern, die ihre Kinder nicht lieben? Wenn das Universum wirklich so groß ist wie alle sagen, warum sind Noten dann so wichtig? Wie fühlt es sich an, wenn man seine Tage bekommt? Kann man in München Pferdeschnitzel essen? Warum macht es einen Unterschied, ob jemand Türke ist oder Deutscher oder Russe? Sind Kinder bessere Menschen? Wenn ja: Warum werden sie dann schlechte Menschen, wenn sie groß sind? Wenn nein: Warum kommen sie erst mit vierzehn ins Gefängnis?

Ich gehe zum Kleiderschrank. Unterhose, Strumpfhose, BH, Rock, Bluse, Pullover. Alles in Blau bis auf den BH. Der ist weiß. Seit dieser Sache fällt es mir schwer, mich für helle Kleider zu entscheiden. Blau geht gerade noch. Ich ziehe mich an. Heute Politik in der Zwölften. Bürgerbeteiligung. Direkte Demokratie. Meine Haare sind noch nass. Ich gehe ins Bad, stecke den Föhn ein und beginne mein Haar zu trocken. Es klingelt an der Tür. Schockstarre. Ich tue so, als hätte ich das Klingeln nicht gehört. Wer ist das? So früh? Bestimmt ist das wieder so ein Paketbote. Oder die Nachbarin, die sich wegen letzter Woche beschweren will. Ich stelle den Föhn auf Stufe drei, dann ist er noch lauter. Ich höre durch das Rauschen des Föhns hindurch, dass es wieder klingelt. Und wieder. Ich will jetzt nicht. Nicht jetzt. Ich bin noch nicht bereit. Der Föhn wird immer heißer. Ich starre in den Spiegel. Anstatt den Föhn einfach zur Seite zu legen, traue ich mich nicht, mich zu bewegen. Ich kann im Spiegel sehen, wie die Haut auf meiner Stirn rot wird. Es tut weh. Jetzt schalte ich den Föhn ab. Ich bleibe regungslos stehen. Drei Minuten. Stille. Kein Klingeln mehr. Mein Herz rast. Ich grinse das Spiegelbild an, ich creme mir das Gesicht ein, sprühe mein Winterparfum auf die Handgelenke und den Hals. Ich gehe aus dem Bad und stehe in meinem winzigen Flur. Ich nehme den Schal, ziehe die schwarze, dicke Winterjacke an und dann die Stiefel. Keine Mütze. Ich hasse Mützen. Vielleicht bin ich deshalb so oft erkältet. Weil ich nie Mützen trage. Auch nicht in der Pause, wenn ich Aufsicht habe. Überhaupt: Locken und Mütze geht gar nicht. Meine Tasche steht neben der Tür. Die habe ich am Abend vorher schon gepackt. Wie jeden Tag. Das habe ich als Schülerin schon so gemacht. Abends die Tasche packen für den nächsten Tag. Sonst kann ich nicht schlafen. Es war meine Mutter, die gesagt hat, Kind, wenn du morgens mehr Zeit willst, dann musst du abends die Tasche packen. Obwohl sie nie eine Schule besucht hat, war sie so saumäßig klug. Sie war es, die mich nach der Schule mit dem Bus zum privaten Englischunterricht gebracht hat. Danach hat sie mir jedes Mal eine Cola gekauft. Jedes Mal nach dem Englisch. Die leere Dose habe ich auf dem Nachhauseweg vor mir hergeschossen. Bis kurz vor unsere Wohnung. Dann habe ich sie aufgehoben und in einen Mülleimer geworfen. Meine Mutter hat meine Klamotten zurechtgezogen und mir einen Klaps auf den Hintern gegeben. Und hat gelacht. Jedes Mal an der gleichen Stelle hat sie gelacht. Und dann wurde sie wieder ernst. Ich wusste, dass sie dann an Gülden dachte. Neulich war ich dort. Auf dem Bürgersteig, an der Ecke, in Moosach, da wo es in unsere Straße geht. Der Colageschmack war sofort wieder da. Meine Brüder durften von der Cola nichts wissen. Sonst hätten sie rumgeschrien, dass sie auch eine wollen. Letzte Woche waren wir zusammen im Kino. Wir haben uns eine türkische Schnulze angeschaut. Danach waren wir essen. Nur wir drei. Und haben überlegt, wie wir unseren Vater im Sommer in die Türkei bringen werden. Wer bucht den Flug. Wer bringt ihn hin. Wer fliegt mit. Wer kümmert sich um ihn. Seit meine Mutter nicht mehr lebt, wartet er nur noch auf den Sommer. Bis er endlich hinfahren kann. Zu ihrem Grab. In meinem Leben dreht sich seit einem halben Jahr alles nur noch um den Tod. Das ist zum Davonlaufen. Nimm es an, hat Rebecca gesagt. Rebecca hat sich krankschreiben lassen. Nach der Geburt Elternzeit. Wenn du Beamtin bist, kein Problem. Krankschreiben lassen. Elternzeit. Totale Entspannung. Wenn alles glattläuft. Ich will keine Kinder, jetzt noch nicht. Geht irgendwas schief, behindert, dein Mann haut ab. Dann ist Schluss mit Chillen. Dann kannst du schauen, wo du bleibst. Wenn ich die Kinder in der Schule sehe, dann frage ich mich, wie die Eltern das aushalten. Diese Angst, jeden Tag diese Angst. Ganz ehrlich: Ich weiß nicht, was Igor dazu gebracht hat. Er muss zornig gewesen sein. Immer schon. Aber so was. Das hätte ich nicht für möglich gehalten. Ich bin auch zornig. Aber deshalb steche ich doch niemanden ab. Ich fahre, habe ich den Brüdern gesagt. Ich begleite unseren Vater. Und dann sehen wir, wie es weitergeht. Ich schaue noch mal in den Spiegel, dann verlasse ich die Wohnung.

6

It's not for making into art.

MOUNT EERIE *Real death*

AMINAS LÄCHELN

ICH WEISS NICHT, OB ICH DIESE GESCHICHTE aufschreiben darf. Wir haben nie darüber gesprochen. Und irgendwann war es zu spät. Sie war weg. Manchmal sind wir durch die Stadt gelaufen und sie hat einfach geredet. Ich habe zugehört. Wir sind durchs Bahnhofsviertel geschlendert, einfach so, Landwehrstraße, Goethestraße, vorbei an den arabischen Restaurants, türkischen Gemüseläden, Elektroshops, Goldläden, Kneipen, Wettbüros, Stripbars, afghanischen, iranischen Supermärkten, meistens ganz gemächlich, weil wir das beide, jeder von uns auf seine Art, genossen, diese Wege durch die vielen Menschen, die von überallher kommen und dieses Viertel bevölkern. Die bulgarischen Tagelöhner, die arabischen Touristen, die türkischen Geschäftsleute, die Afghanen, die Iraker, Syrer, Afrikaner. Ich glaube, Amina fühlte sich dort unbeobachtet und ich auf eine merkwürdige Art geborgen. Unsere Freundschaft war noch jung. Zwei Jahre kannten wir uns. Und von Anfang an sind wir gemeinsam gelaufen. Als wir uns das erste Mal getroffen haben, war das Café, in dem wir verabredet waren, geschlossen. Und weil wir gleich ins Reden gekommen sind, sind wir losgelaufen, eigentlich auf der Suche nach einem anderen Ort, aber den haben wir gar nicht mehr gebraucht. Wir sind gelaufen. Immer gelaufen. Manchmal erweiterten wir unsere Runde und spazierten durch den Alten Botanischen Garten, vorbei an den Grüppchen aus Junkies und Trinkern und dann Richtung Schwabing, Arcisstraße, Königsplatz, *Hitlers Munich*, an der Filmhochschule vorbei, rüber zur Augustenstraße, durchs Univiertel, mitten in die weiße, bürgerliche Stadt. Das war weniger als ein Kilometer Luftlinie. Manchmal setzten wir uns noch ins Café Jasmin in der Augustenstraße. Drinnen veränderte sich unser Gespräch. Amina sprach leiser und ich viel mehr als unterwegs.

Manchmal machte ich mir nach unseren Streifzügen ein paar Notizen, Stichwörter, einzelne Sätze, mehr nicht. Wenn ich mir die Aufzeichnungen anschaue, dann bin ich erstaunt, wie wenig ich in meinem Heft vermerkt habe. Aber es ist doch wie ein Gerüst, das Gerippe einer Erzählung, eine Skizze. Kein fertiger Bauplan. Mehr ein paar hingeworfene Striche, die eine Idee, eine Konstruktion erahnen lassen. Die Geschichte unserer Begegnung. Aminas Geschichte, meine Geschichte. Aminas Verschwinden. Meine Hilflosigkeit. Ab wann wechselt eine Geschichte ihre Besitzerin? Wo hört Aminas Geschichte auf und wo fängt meine Geschichte an? Ist das Freundschaft, wenn es eine gemeinsame Geschichte gibt? Wer darf diese Geschichte erzählen? Ist es eine Frage des Hörens, des Wahrnehmens, ist es der Moment, da die Schallwellen mein Trommelfell erreichen und mein Gehirn die Informationen verarbeitet zu einer Erzählung, zu einem Zusammenhang, zu einem Cluster, zu etwas, das ich mir merken kann? Ist es dann meine Geschichte, weil es meine Neuronen und Synapsen und Botenstoffe sind, die das alles zu dem machen, was es ist? Mein Atem, meine Stimmbänder, mein Mund, der die Worte formt? Und was ist mit Geschriebenem? Ihre E-Mails und Nachrichten. Gehört es auch zur Geschichte, dass ich mir darüber Gedanken mache, ob es meine oder ihre oder unsere gemeinsame Geschichte ist? Muss ich das miterzählen oder ist das sowieso jedem klar? Seit Amina weg ist, will ich unsere Geschichte erzählen. Und ich frage mich die ganze Zeit, warum eigentlich.

Ich bin zögerlich, weil Amina eine andere Hautfarbe hat als ich, weil sie Muslima ist, eine junge Frau von Ende zwanzig und ich ein achtundvierzigjähriger, weißer, völlig areligiöser Typ. Weil ich Schauspieler bin und mir selbst nicht traue, weil ich oft gar nicht mehr weiß, was ich tue, weil ich mich verliere in den ganzen Figuren und Rollen und Hoffnungen und Depressionen und Erwartungen, die ich tagtäglich zu meinen eigenen mache. Weil ihre Eltern aus Tunesien stammen und ich keine Ahnung davon habe, was das bedeutet. Auf jeder zweiten Probe ist das Thema. Darf ich das so spielen, müsste das nicht jemand anderes machen. Egal, ob ich einen Alkoholiker, einen Behinderten oder einen Menschen mit einer anderen Herkunft als meiner eigenen spiele. Wenn ich einen Typen spiele, der ein jüdischer Politiker aus New York ist, dann frage ich mich, ob ich das überhaupt darf. Das ist neu. Als ich diesen Beruf gelernt habe, hat das keine Sau interessiert. Ich bin Schauspieler geworden, weil ich Rollen spielen wollte. Weil ich mich verwandeln und verstellen wollte. Weil ich das schon immer gut konnte. Und jetzt hat sich alles verändert, die Kollegen werfen mit diesen Wörtern um sich, die mir noch vor ein paar Jahren gar nichts gesagt haben. Blackfacing, Appropriation, Rassismus, Safe Space, das ganze Zeug. Da reden bei uns im Theater alle drüber. Unentwegt. Plötzlich geht es darum, was Darstellen eigentlich bedeutet. Politisch gesehen. Wer darf welche Geschichte erzählen?

Ich will mir darüber klar werden, was passiert ist, warum sie abgehauen ist. Ich will das alles aufschreiben, weil es mich nicht loslässt, weil ich nachts aufschrecke und ich Aminas Stimme höre. Ich sitze in der U-Bahn und plötzlich meine ich, sie auf der Sitzbank gegenüber zu erkennen. Auf der Probe habe ich eine Szene gespielt: ich war ein junger Vater, dessen Kind gestorben war. Kurz nachdem er sich von seiner Frau wegen einer anderen getrennt hatte. Dann trifft er seine Ex-Frau zum ersten Mal wieder, um das Begräbnis zu besprechen. Die Kollegin kam schon heulend auf die Szene. Sie hatte sich ein Tuch über den Kopf gezogen, um sich zu verbergen, um ihrer Trauer Ausdruck zu verleihen. Wir haben die Szene zum ersten Mal probiert. Wir sollten auf zwei überdimensional großen Stühlen sitzen, nebeneinander. Die Blicke ins Publikum. Als die Kollegin heulend mit diesem Kopftuch auf den Stuhl kletterte, fing ich an zu zittern. Am ganzen Leib. Ich hatte Angst um Amina. Mit dieser Angst bin ich in die Szene. Ich habe kein Wort rausgebracht, obwohl der Text vorsah, dass ich rede. Meine Spielpartnerin sah so lächerlich aus. Ihre gespielte Trauer war zum Kotzen. Ich blieb stumm. Und verzog keine Miene. Die Kollegin nahm das als mein Spielangebot auf und arbeitete sich an mir ab. Kyra, die Regisseurin, war begeistert. Und ich war meinen Text los. Auch egal, habe ich gedacht. Ich sah jedes Mal Amina vor mir, wenn wir diese Szene spielten. Ich überließ meiner Angst die Führung. Sie strömte von ganz innen durch meine Glieder, bis ich eine

Gänsehaut kriegte und das Zittern anfing. Wenn es nicht klappte, dann zitterte ich einfach so. Sieht ja niemand, was in mir drin passiert, habe ich mir gedacht. Amina spukt in meinem Leben herum.

Ich finde, dass jede Geschichte, die versucht, etwas darüber zu erzählen, wie es wirklich war, eine wichtige Geschichte ist. Ja, ja, ich weiß schon, nichts war wirklich so, wie ich es aufschreibe, aber ich bemühe mich, dass das, was passiert ist, nicht in dieses Loch rutscht, in diesen Schlund, der alles für immer verschlingt, was nicht für die Nachwelt festgehalten wird. Schreiben, damit jemand nicht verschwindet. Eine Geschichte erzählen, damit Amina wieder da ist, nie weg war, zurückkommt, die ganze Zeit über hier ist. Das ist es, was ich will, ich will Aminas Geist beschwören, herholen. Von mir aus, ein egoistischer Animismus, der Glaube daran, dass meine Fantasie Realität hat. Aber ich will ihren Geist auch loswerden. Nachts nicht mehr aufschrecken, tagsüber keine Halluzinationen mehr haben müssen. Auf der Probe auch mal wieder die Kollegin sehen, nicht nur Amina. Ich will davon erzählen, was Amina andauernd erlebt hat. Mit ihrem Kopftuch, ihrem Aussehen, ihrer Herkunft, ihrer Arbeit als Architektin. Ich will erzählen, wer sie war, wer sie ist, ich will, dass sie ein Teil meines Lebens bleibt. Ich will erzählen, was sie mir erzählt hat. Ohne ihr Verschwinden wäre ich gar nicht auf die Idee gekommen. Ich will, dass Amina *verschwindet*. Ja, was denn, höre ich eine Stimme in mir, willst du nun, dass sie verschwindet, oder willst du, dass sie dableibt. Ich will beides. Ich will, dass sie ist und nicht ist.

Vor ein paar Wochen war ich im Literaturhaus. Eine mexikanische Autorin hat aus ihrem Roman gelesen. Und ich sollte mit einer Kollegin die deutsche Übersetzung vortragen. Amina war auch gekommen. Gleich am Anfang hat sie mir aus der letzten Reihe zugewunken, ganz kurz, nur die Hand etwas angehoben, sie wollte nicht auffallen. Ihr Lächeln flog von hinten über die Köpfe der anderen und wärmte mich. Das Buch, das die Mexikanerin geschrieben hat, handelt von mittelamerikanischen Kindern, die ohne Eltern über die mexikanische Grenze in die USA fliehen und dabei auf erschütternde Weise ihr Leben riskieren. Sie verschränkt die gefährliche und abenteuerliche Fluchtgeschichte der Kids mit der Reise einer Mittelschichtsfamilie aus dem Osten der USA, die sich mit dem Auto Richtung mexikanischer Grenze bewegt. Eine Art doppeltes Roadmovie. Zwischen den Lesungen einzelner Kapitel, von ihr auf Englisch und mir und einer POC-Kollegin, die ich vorher nicht kannte, auf Deutsch vorgetragen, wurde sie von einer älteren Fernsehjournalistin nach ihrer Arbeit und ihrer Motivation befragt. Mit einem gut meinenden, fast ein wenig triumphierenden Lächeln fragte die Moderatorin, ob es ihr denn auch darum ginge, den Kindern eine *Stimme zu verleihen, to give them a voice.* Routiniert schaute die Moderatorin mit den letzten Silben ihrer Frage wieder auf ihre Moderationskarten, um sich schon mal auf die nächste Frage vorzubereiten, denn die Antwort der Autorin schien in ihren Gedanken bereits gegeben, ja, sicher, eine Stimme für die vergessenen Kinder, die auf der Flucht gejagt, verletzt, vergewaltigt und getötet werden. Aber die Miene der Autorin verfinsterte sich, als die Frage bei ihr angekommen war, ihr Gesicht versteinerte fast, was die Moderatorin im ersten Augenblick gar nicht wahrnahm, sondern sie schaute fröhlich und erwartungsvoll wieder von ihrer Karte auf, warf den Kopf keck nach hinten, um die zu erwartende Antwort der Schriftstellerin mit einem eilfertigen Journalistinnennicken zu begleiten, da merkte sie erst, dass ihr Gespräch jäh ins Stocken geraten war und sich ein tiefes Loch zwischen den beiden aufgetan hatte, aber nicht nur zwischen den beiden, sondern auch zwischen Bühne und Publikum. Ein schwarzes Loch aus Fremdheit und Abscheu, das nur schwer mit angelernter Freundlichkeit wieder zu überbrücken war. Die Autorin war von einer Sekunde auf die nächste ganz bleich geworden und rang um ihre Fassung. Wie konnte die Moderatorin so eine Frage stellen, deren Beantwortung sie, die Schriftstellerin, in nichts als Schwierigkeiten und Bedrängnis bringen konnte. Dieses Loch war immens. Es war ein riesiger Ozean, es war der Atlantik, der zwischen ihnen lag, dunkel und bedrohlich, schier unüberbrückbar. Die Autorin verdrehte die Augen, und dann, superprofessionell, geübt im öffentlichen Auftritt, ich war ein bisschen neidisch, glitt sie wieder in ihre Rolle als eloquente, gewiefte Schriftstellerin, die um keine Antwort verlegen ist und gerne Späße macht auf dem schmalen Grat zwischen übertriebener Eitelkeit und koketter, irrlichternder Selbstverleugnung. Sie wählte den Ton der Ernsthaftigkeit, des Dringlichen. Nein, sagte sie, nein, natürlich gehe es ihr nicht darum, irgendwem eine Stimme zu verleihen, niemand bräuchte ihre Stimme, das sei ganz und gar unmöglich, irgendwem seine Stimme zu verleihen, das sei anmaßend, und dann stockte sie kurz, sah die Moderatorin eindringlich, fast ein wenig fragend an, so als wollte sie wissen, ob diese Belehrung wirklich nötig sei, denn das sei doch *state of the art*, dass sich alle klugen und gut meinenden Künstlerinnen dieser Welt schon lange von dieser kolonialen Praxis des Sprechens im selbst gestellten Auftrag eines anderen verabschiedet hätten. Die Moderatorin lächelte verlegen. Die Autorin warf mir einen fröhlichen Blick zu, als wollte sie sagen: Jetzt wird's lustig, pass auf. Die Moderatorin schien ratlos. Bisher war es doch das Höchste, dass eine Schriftstellerin sich mit ihrer literarischen Stimme in den Dienst von Benachteiligten und Unterdrückten stelle, das sei doch überhaupt das Allerbeste, was man als politische Autorin tun könne, *für andere zu sprechen*, *Partei zu ergreifen*, aber sie behielt ihre Ratlosigkeit und Verwirrung für sich, ebenso professionell wie die Autorin, gab sie sich keine Blöße, weil sie für den Bruchteil einer Sekunde ahnte, dass sie irgendetwas im Diskurstheater der letzten Jahre nicht mitbekommen hatte. Vielleicht war sie kurz eingenickt. Oder ihre journalistische Spürnase, auf die sie sich sicher immer hatte verlassen können, war einfach etwas verschnupft. Ich hatte Zeit, das Publikum zu beobachten. Ich sah Anspannung, denn eigentlich wollten die Leute sich bei dieser Art Konversation zurücklehnen, sich wohl fühlen, im Bett der delegierten Verantwortung ein wenig vom Alltag ruhen. Die mexikanische Schriftstellerin, die selbst mit ihrer Familie in New York lebt, wie sie nicht ohne Stolz zum Besten gab, richtete sich auf und sagte, dass sie niemandem eine Stimme gebe, sondern nur für sich selbst spreche, sie sei Schriftstellerin, keine Schauspielerin, sie legte ihre Hand tantenhaft auf den Arm meiner POC-Kollegin, sie habe, wenn sie schreibe, an nichts anderem ein Interesse als am Schreiben von Texten, es gehe ihr um Sprache, um das Erzählen, um Storys, darum, sich selbst beim Schreiben zu begegnen und zu verfolgen, sie sagte wirklich *verfolgen*. Aber, und jetzt lächelte sie die Moderatorin versöhnlich an, sie gebe diesen Menschen, über die sie schreibe, diesen bemitleidenswerten, aber starken, undokumentierten Kindern auf der Flucht, sehr wohl eine Stimme, oder besser, sie präzisierte ihre Sätze fortwährend selbst, sie verhelfe ihnen, ihre Geschichten selbst zu erzählen, eigenmächtig, als Autoren ihrer eigenen Story aufzutreten, sie gebe für solche Kinder in New York Schreibkurse, sie unterrichte sie darin, wie sie Texte verfassen und Erlebnisse verarbeiten könnten. Sauber, dachte ich, so einfach kann es gehen. Ich gebe euch ein paar Schreiblektionen, und dafür nehme ich mir eure Geschichten und stricke meinen Roman daraus, aber natürlich niemals mit der Absicht, für irgendjemand anders zu sprechen als für mich selbst, also doch wieder über die anderen hinwegschreiben. Also sich freikaufen im *real life* des Jugendhauses durch ein paar Schreibkurse, die sich zudem ganz gut in der Autorenbiografie machen, um dann als Schriftstellerin keine Rücksicht mehr nehmen zu müssen, nur noch an sich selbst denken, an die eigene Arbeit, das eigene Interesse. In die Gruben der fremden Biografien hinabsteigen und schamlos die Brocken, das Erz, das Gold, das Lithium herausholen und daraus wunderbare, berührende Geschichten machen. Wenn das eine Lösung ist, super, dann schreibe ich jetzt Aminas Geschichte auf, als meine eigene Geschichte, meine Suche nach Wahrhaftigkeit, nach Sprache, als Suche nach meinem Gegenüber, vielleicht ist Amina die Adressatin meiner Erzählung, unserer Geschichte. Was für ein smarter Move, ich beschwöre unsere Freundschaft, ihren Geist, meine Sehnsucht nach Klarheit, ich lasse unsere Spaziergänge durch die Stadt lebendig werden für jeden, der es lesen will. Diesen inneren Dialog führte ich unentwegt in unzähligen Variationen. In mir saß so ein unsicherer Typ, der andauernd auf der Suche war nach Bestätigung, nach Rechtfertigung für das eigene Tun. Es ging um Rechtfertigung, aber auch um Entschuldigung. Um Schuld. Da kam der Auftritt dieser Autorin gerade recht. Ständig diese verfickte Schuldfrage. Seit ich ein Kind bin, schlage ich mich damit herum. Schuld, Verantwortung, Scham, Weiterleben, Vergessen, Erinnern, Selbstmord. Seit den Achtzigern denke ich jeden verdammten Tag darüber nach, was ich darf und was nicht. Das hat mit dreizehn, vierzehn angefangen. Stundenlang habe ich mit meinem Freund Thomas in seinem Kinderzimmer gesessen und darüber diskutiert, ob wir Schuld hätten an der Ermordung von sechs Millionen Juden oder ob wir keine Schuld hätten und was das für unser Leben bedeute, ob wir Verantwortung hätten, wir sprachen über uns und unser Leben und wir lagen auf braunen Sofakissen mit Cordbezug und erstickten fast wegen der unerträglichen Räucherstäbchen, die wir seiner Hippiemutter geklaut hatten. Wir dachten, das seien Drogen, und zündeten ungefähr sechs Stück von diesen Dingern gleichzeitig an, weil wir der schnöden Welt der Mörder und Gedankenlosen entfliehen wollten. Und weil wir im Westerwald lebten und völlig abgeschnitten von irgendwelchen coolen Musiktrends oder sonstigen jugendkulturmäßigen Moden waren, hörten wir die Musikkassetten seines Vaters. Darunter war eine Platte von Marius Müller-Westernhagen, den sein Sozialarbeitervater mal in irgendeinem Düsseldorfer Jugendhaus kennengelernt hatte, und jedes Mal, wenn das Lied *Dicke* aus den Boxen seiner billigen Versandhandelsanlage schepperte, schauten wir uns zornig an und waren uns bald einig, dass dieser Song aus demselben

Geist gemacht war wie dereinst dieser ganze Holocaust, und wir machten uns daran, einen wütenden Brief an den Sänger und seine Plattenfirma zu schreiben. Wir warfen ihm Menschenfeindlichkeit, Diskriminierung und Nazitum vor. Früher die Juden, heute die Dicken. Das schien uns ein Ausweg aus dieser Schuldfalle zu sein. Wir schickten den Brief ab. Wir bastelten uns Sticker mit dem Konterfei von Marius Müller-Westernhagen und beklebten sein Gesicht mit einem roten X und trugen diese Protestmarken tagein, tagaus an unseren Jeansjacken. Wir waren empört und bereit zum Widerstand. Mit jedem Tag, an dem der Musiker und seine Schergen uns eine Antwort schuldig blieben, wuchs unser Zorn. Irgendwann fingen wir an, abends, im Schutz der Dunkelheit, die Straßenlaternen am Rande unseres Dorfes mit einem Luftgewehr unschädlich zu machen, sodass sich in der Nacht ein bedrohlicher Kreis Dunkelheit um die kleine Siedlung legte. Mein Problem war, dass sich dieses Lied, *ich bin froh, dass ich kein Dicker bin, denn dick sein ist 'ne Quälerei*, dass sich dieser völlig unironische Scheißdreck als öliger Ohrwurm in meinem Hirn festgesetzt hatte und ich nicht anders konnte, als permanent dieses Lied zu summen, zu singen, zu schnalzen, zu knurren, *ich bin froh, dass ich so'n dünner Hering bin, denn dünn bedeutet frei zu sein …* mir gefiel die Musik, tatsächlich, dafür hasste ich mich, aber wenigstens verabscheute ich den Text. Ich musste diesen Dreck unentwegt summen, singen, kreischen, es wuchs sich zu einem unwiderstehlichen Zwang aus, was meinen Freund, der ziemlich dick war zu der Zeit, nicht sonderlich erfreute, und er fing an, an meiner Gesinnung zu zweifeln, und ich versuchte ihm zu erklären, dass es wie eine Geisteraustreibung sei, das Böse habe von mir Besitz ergriffen und ich könne nicht anders, als andauernd dieses Lied zu singen, irgendwann werde es aufhören und dann hätte ich den Westernhagengeist in mir besiegt und sei frei und könne weiter an einer besseren Welt arbeiten. Er sah mich mitleidig an und wir einigten uns darauf, dass ich mich in seiner Gegenwart zusammenreißen sollte. Irgendwann ließ der Drang zu singen nach und Thomas fing an, abzunehmen. Als wir fünfzehn waren, war er ein dünner Hering geworden und hatte seine erste Freundin und ich summte andere Lieder, *The Smiths* rauf und runter, *suffer little child, we will haunt you when you laugh … I lost my faith in womanhood …*

Als ich Amina das erste Mal begegnet bin, waren wir zu einer Art Interview verabredet. Wir wollten über Religion sprechen. Also genau genommen ging es um eine Rolle, die ich spielen sollte. Das war auch ein Vater. In so einem britischen Konversationsstück. Das war ein Riesenrenner im deutschsprachigen Theater. Es ging um einen muslimischen Londoner Anwalt, der nicht wollte, dass seine Tochter Kopftuch trägt, weil er Angst hatte, sie an ihre religiösen Freunde zu verlieren. In Wirklichkeit ging es um seine Geschäftspartner und seine Freunde, die keine Lust hatten, sich mit einem Religiösen abzugeben. Und so hat das Stück eine Geschichte darüber erzählt, wie sich eine junge Frau der dritten Einwanderergeneration mit der Geschichte ihrer bengalischen Familie auseinandersetzt, und natürlich ging es darum, zu erzählen, wie gefährlich der Islam ist und dass die Welten irgendwie nicht miteinander zu vereinbaren sind. Unser Publikum hat es geliebt, aber das ist ein anderes Thema. Özlem, die ich ein paar Monate vorher auf einer Geburtstagsparty kennengelernt hatte, brachte uns damals zusammen. »Du musst Amina kennenlernen«, hat sie gesagt.

»Sie ist die lustigste und coolste Muslima, die es gibt.«

Was für eine Ankündigung. Özlem war gerade dabei, Karriere zu machen als Rapperin. Sie hat manchmal bei uns am Theater Musik gemacht. Sie studierte mit Amina Architektur. Als ich mit Amina durchs Bahnhofsviertel lief, redeten wir über Sport, sie erzählte mir von ihrem Kickboxtraining und ihren Pulswerten beim Laufen und den verschiedenen Anstrengungslevels und wir unterhielten uns über den Unterschied von Ausdauersport und Kampfsport und Zeina Nassar und den Hype um das Nike-Kopftuch, wer welchen Sport mache und wie sie zum Boxen gekommen sei. Ich habe ihr erzählt, dass ich als Kind Handball gespielt habe, wie alle im Dorf, später habe ich mit Triathlon angefangen. Weil ich mich verausgaben musste, unentwegt, vergessen, keuchen, hetzen, weglaufen. Erst mit Anfang zwanzig habe ich aufgehört. An der Uni habe ich mich in die Arbeit gestürzt; ich habe jede freie Minute in der Bibliothek verbracht, ich habe jeden überflüssigen Mist gelesen, ich habe mir immer neue Lektürelisten erstellt, unendliche Aufgabenzettel, ich bin völlig verschwunden in Aufsätzen, Büchern, Fußnoten, Recherchen, ich hatte andauernd das Gefühl, keine Zeit zu haben, weitermachen zu müssen, noch nicht genug gelesen zu haben, ich war rastlos, es gab immer noch etwas zu erledigen, und wenn meine Kräfte am Ende waren, dann habe ich geraucht und getrunken und verzweifelte Gedichte geschrieben. Ich konnte auch damit nicht aufhören. Bis ich alles geschmissen habe und auf die Schauspielschule bin. Als ich Amina erzählt habe, dass ich als Jugendlicher *The Smiths* gehört habe, standen wir gerade vorm Sport-Café Schiller, schräg gegenüber vom Bahnhof. In der Bar auf den Bildschirmen lief Kickboxen und Fußball. Amina fing an zu tänzeln, ganz leicht, sie hob die Fäuste und platzierte eine stramme Gerade in die Luft, einen halben Meter neben meinem Kopf. Sie sah kurz angestrengt aus, wütend fast. Dann lächelte sie wieder. Ich spürte den leichten Lufthauch ihres Schlags. Ihr frisches Parfum wehte mich an. »Morrissey«, hauchte sie, »Morrissey, dem würde ich gerne mal eine verpassen, nur Spaß, würde ich nie machen, nie, bin ja Sportlerin, das ist so ein übler Nazi, mein Musiklehrer in der Zwölften wollte, dass ich ein Referat über die Band halte, der Lehrer war so alt wie du«, hat Amina gesagt, klar, coole Musik, die Lieblingsband vom Lehrer, habe sie gedacht, kann nicht falsch sein, und dann habe sie ganz viel gelesen über die Band und die Achtziger. »Und dann liest du, was der Typ zum Brexit sagt und dass der gegen Muslime hetzt und diese englische Rassistenpartei unterstützt. Ich bin zu dem Lehrer hin und habe ihm gesagt, dass ich das Referat nicht mache. Ich würde gerne über eine andere Band ein Referat halten. *The Clash* habe ich ihm vorgeschlagen, ist auch Achtziger, würde mir sehr viel Spaß machen.«

»›Geht nicht‹, hat er gesagt.

›Warum‹, habe ich ihn gefragt, ›warum soll das nicht gehen, ich habe keine Lust, ein Referat über eine Band zu halten, deren Sänger ein Nazi und Rassist ist.‹

›Engländer können gar keine Nazis sein‹, hat der Lehrer gesagt.

›Das waren ja die Feinde von den Nazis. Das ist deutsche Geschichte‹, hat der Lehrer gesagt, von oben herab, so als wollte er sagen, damit kennst du dich nicht aus, Schätzchen. Und außerdem gehe es hier um Musik und nicht um Politik, das müsse man trennen, unbedingt trennen, so ein Referat sei ja kein Fanzine, sondern der Versuch, sich halbwegs wissenschaftlich mit einem Phänomen der Popkultur auseinanderzusetzen.«

Amina lachte.

»Der hat gar nicht mehr aufgehört zu reden. Ich habe echt versucht, dem das zu erklären. Aber er wollte es nicht hören. Irgendwann hat er die Kurve gekriegt und verstanden, was ich meinte.

›Okay‹, hat er gesagt, ›okay, so habe ich das noch nicht gesehen, dann erzähle doch genau darüber‹, hat er vorgeschlagen, ›erzähle doch den anderen, was da passiert ist. *O mein Gott, ist das alles kompliziert.*‹ Das hat der Lehrer gesagt. Das Referat war ganz okay dann, meine Mitschülerinnen hat das gar nicht interessiert. Achtziger, das war für die wie Mittelalter … die Musik fanden sie auch scheiße. Ich würde niemals im echten Leben jemandem ins Gesicht schlagen. Schau dir mal die Kickboxer da drin an!«

Ich war sprachlos, als wir da auf der Straße standen vor der Sportsbar, ich schämte mich, ich kannte ja die ganze Geschichte von Morrissey und seinem geraden Weg nach rechts und trotzdem habe ich Amina von der Band erzählt, dass mir die Musik gefalle, aber ich habe ihr nicht erzählt, was ich vorher für Musik gehört habe, dass die *Smiths* eine Riesenbefreiung für mich waren, dass ich mich verstanden gefühlt habe, dass ich als deutscher Teenager, der Tag und Nacht mit der Schuld seiner Vorfahren beschäftigt war, glücklich war, *The Smiths* zu haben. Ich wusste, dass Morrissey ein rechter, rassistischer, frauenfeindlicher Typ geworden war, und trotzdem versuchte ich, mein

Fantum vor mir selbst zu verteidigen und zu retten. Und Amina damit anzustecken. Wie war das möglich? Warum tat ich das? »Du bist wie mein Lehrer«, sagte Amina und fing an, mit ihren schwarzen Adidas einen vertrockneten grünen Kaugummi vom Gehsteig zu treten. Dabei verschränkte sie die Arme und starrte auf das Pflaster. Das war der erste Moment von Fremdheit, den wir gemeinsam erlebten. Deshalb erinnere ich mich noch so genau daran. Ich hatte das Gefühl, ich lebte auf einem anderen Planeten als Amina. In diesem Augenblick fing es an, in meinem Ohr zu pochen, der Wurm war wieder da, viel lauter, viel aggressiver noch als früher … *Dicke, Dicke, Dicke, Dicke* … wir liefen weiter und redeten. *Dicke, Dicke, Dicke, Dicke* … »Siehst du«, hat Amina gesagt, »jetzt haben wir's. Das ist der Unterschied zwischen dir und mir. Du kannst weiter die Musik von so einer Band hören, ein bisschen komisches Gefühl dabei, aber das geht schon. Ich kann das nicht. Weil mich der Rassismus von dem Typen direkt trifft, hier in die Fresse, ungebremst. Der meint mich. Der will mich weghaben. Für dich ist das anders. Du weißt nicht, wie sich das anfühlt, der Schmerz, der tagelange Schmerz, der einfach nicht weggehen will, die Angst, die nach dem Schmerz kommt, der gesenkte Bick, der verkrümmte Rücken, die täglichen Versuche, sich aufzurichten, den Kopf oben zu behalten, das alles kennst du nicht, weil du nicht Zielscheibe bist, jedenfalls nicht direkt.« Ich spürte starken Widerwillen gegen Aminas Worte, ich hatte das Gefühl, mich verteidigen zu müssen. Ich dachte, ich müsse mich rechtfertigen, ich führte diesen inneren Dialog, mich trifft doch dieser Rassismus, diese Verachtung auch, ich will nicht in einer Gesellschaft leben, die nicht frei ist, die von Hass und Missgunst durchzogen ist, das ist nicht, was ich will, es betrifft mich doch auch, aber ich spürte, wie ich diese Sätze nicht mehr glauben konnte, ich konnte nichts mehr sagen, ich fühlte mich hilflos. »Es ist ein Unterschied, ob du Krebs hast, oder ob du eine Krebskranke begleitest. Gefühl und Mitgefühl sind zwei verschiedene Sachen. Angst um dich selbst zu haben, Angst vor deinem Nachbarn, vor Menschen, denen du zufällig auf der Straße oder in der U-Bahn begegnest, Angst vor den politischen Machtverhältnissen, das ist eine andere Angst als die Sorge, die du empfindest. Für mich ist das physisch, es geht um mein Leben, für dich ist das theoretisch«, sagte sie. »Deshalb gehe ich zum Boxen und du zum Joggen. Deshalb kannst du mir von dieser Band erzählen. Ich kann mir gar nicht vorstellen, wie man so eine Musik gut finden, wie sie einem gefallen kann. Mir tut das in den Ohren weh. Für dich ist das deine Jugend.« Das fühlte sich an wie ein Tritt in den Magen. Eine Kriegserklärung. Am liebsten hätte ich sie in den Arm genommen. So fühlt es sich also an, dachte ich, wenn man spürt, dass man unverdientermaßen Privilegien hat, wenn man getrennt ist durch diese Erfahrung, durch diesen erbarmungslosen Zufall der Geburt. Da war eine riesige Distanz zwischen uns, eine Entfernung, die mir unüberbrückbar vorkam. Das war nicht der Atlantik. Ich wurde traurig und sagte nichts mehr. Amina versuchte mich aufzumuntern. Ich hasste mich dafür, dass meine Stimmung dazu führte, dass sich die Verhältnisse wieder umkehrten. Amina wollte mich trösten. Gerade ging es noch darum, dass sie von den Verletzungen berichtet hatte, die ihr andauernd zugefügt werden. Amina lächelte. »Merkst du was?«, fragte ich sie. »Ja«, sagte sie, »ich habe Hunger, lass uns was essen.« Ich wusste nicht, ob sie nicht weiter über die Sache reden wollte oder ob ihr die Situation nicht klar war. Ich schlug vor, in das uigurische Schnellrestaurant ein paar Straßen weiter zu gehen.

Ein paar Tage später klingelte mein Telefon. Özlem war dran.

»Hast du schon gehört?«

»Was?«

»Die Sache mit Amina!«

»Was?«

»Sie hat zugeschlagen.« Özlem lachte. Ein hysterisches Lachen.

»Sie hat einem Typen aufs Maul gegeben. In der U-Bahn. Gestern Nachmittag. Ich dachte, du wüsstest längst Bescheid.«

»Ich habe Amina letzte Woche das letzte Mal gesehen, wir waren essen.«

»Er hat sie bespuckt.«

»Und dann?«

»Hat sie ihn zusammengeschlagen.«

»Und jetzt?«

»Sie ist zu Hause. Ruf sie an. Die Polizei hat sie wieder gehen lassen.«

»Okay.«

»Sie hat alles zugegeben. Der Typ ist im Krankenhaus.«

»Ich ruf sie an.«

»Sag ihr nicht, dass ich es dir gesagt habe. Sie will nicht, dass das irgendjemand erfährt. Sie schämt sich zu Tode.«

Amina wohnte im Norden der Stadt. Milbertshofen. In einer kleinen Einzimmerwohnung. Ein paar Verwandte wohnten in der Nähe. Ihre Eltern wollten sie erst nicht ausziehen lassen, aber dann hat sie sich durchgesetzt. Sie arbeitet in einem Fitnessstudio, um das alles zu bezahlen. Sie gibt Boxkurse für Frauen, junge Angestellte, die den ganzen Tag arbeiten und sich am Abend abreagieren wollen, damit sie am nächsten Tag wieder arbeiten können, ohne in ihren Agenturen und Beratungsfirmen Amok zu laufen. »Die finden das schick, dass ich Kopftuch trage«, hat Amina gesagt. »Die machen Selfies mit mir und posten das auf Insta oder sonst wo. So ein bisschen whitesaviormäßig.« Amina war nicht zu Hause. Oder machte einfach nicht auf. Auf meine WhatsApp-Nachrichten und E-Mails reagierte sie nicht. Ich rief Özlem wieder an.

»Ich komm nicht an sie ran.«

»Bei mir meldet sie sich auch nicht mehr. Ich habe ihre Eltern angerufen. Die sind völlig aus dem Häuschen.«

»Wissen die, wo sie ist?«

»Nein.«

Özlem machte sich Sorgen. Sie kannte Amina schon lange, sie sind zusammen in die Schule gegangen, Mädchengymnasium. Özlem war extrem engagiert in ihrer Moscheegemeinde. Sie kümmerte sich dort um die Mädchen und organisierte jedes Jahr ein Kulturfestival.

»Sie will alleine sein«, sagte sie.

»Macht sie Blödsinn?«, fragte ich.

»Was soll sie denn machen«, sagte Özlem genervt. »Das kann ich mir nicht vorstellen. Du kennst sie doch.«

»Nein«, habe ich geantwortet. »Ich kenne sie nicht. Wir waren letzte Woche spazieren. Sie hat sich über mich aufgeregt.«

Özlem war still, ich spürte, dass sie wusste, wovon ich sprach.

»Hat sie dir davon erzählt?«

Özlem schwieg.

»Okay, du musst nichts sagen, ich habe schon verstanden.«

»Ja, Amina hat es mir erzählt. Sie war traurig.«

Ich spürte, dass ich wütend wurde, aber ich wusste gar nicht so genau, worauf eigentlich. Auf Amina oder Özlem oder mich oder auf die ganze Situation? Hinter der Wut meldete sich das schlechte Gewissen.

»Ihr habt euch über Musik unterhalten«, sagte Özlem.

»Kennst du das Lied *Dicke* von Marius Müller-Westernhagen?«

»Wer soll das sein? Müller Westernwagen?«, fragte Özlem.

Ich fing an, das Lied zu singen.

»Ist ja schrecklich.«

»Sehr schrecklich.«

Mein Freund Thomas hat sich kurz vor dem Abitur das Leben genommen. Er war der Beste in unserem Jahrgang. Seine Mutter war tablettenabhängig. Er hatte Liebeskummer. Er war in den Osterferien an der Nordsee, um bei irgendeinem Vogelschutzprojekt mitzuhelfen. Das hat ihm den Rest gegeben. Er hat sich Steine um den Leib gebunden und ist ins Wasser. Angeblich gab es keinen Abschiedsbrief.

Drei Tage später kam eine E-Mail von Amina. Als ich ihren Namen im Posteingang sah, fing mein Herz an zu pochen. Erst traute ich mich nicht, die Nachricht zu öffnen. Ich hatte Angst, dass sie sauer auf mich sein könnte, weil ich so einen Wirbel veranstaltet habe. Ich steckte mein Handy schnell wieder in die Tasche. Als ich zu Hause war, setzte ich mich mit einer Tasse Kaffee vor den Computer. Ich versuchte, mich mit ein paar tiefen Atemzügen zu beruhigen, und öffnete dann die E-Mail. In dem Moment kam meine Frau mit den Kindern in die Wohnung. Mein kleiner Sohn rannte von hinten auf mich zu und sprang auf meinen Schoß. Meine Tochter verzog sich schlecht gelaunt in ihr Zimmer. Ich war so angespannt, dass ich den Kleinen gleich anpflaumte, dass ich jetzt gerade keine Zeit hätte und er zu seiner Mutter gehen solle. Er fing sofort an zu weinen und beschimpfte mich. »Du bist ein schlechter Papa«, schrie er. Ich wurde sauer und schubste ihn leicht von hinten Richtung Zimmertür. Meine Frau kam und nahm den Kleinen an die Hand. Sie warf mir einen missbilligenden Blick zu und ging mit ihm in die Küche. Ich schloss die Tür zu unserem Arbeitszimmer. Zitterte ich, weil ich gerade meinem sechsjährigen Sohn einen Schubser verpasst hatte, oder zitterte ich, weil ich mich vor Aminas E-Mail fürchtete? Wovor hätte ich Angst haben sollen? Wollte sie mir die Freundschaft aufkündigen? Machte sie mich für ihren Gewaltausbruch verantwortlich? Vielleicht war sie in Not und brauchte meine Hilfe? Ich hämmerte auf die Tastatur, um den Bildschirmschoner zu beenden. Es war eine lange E-Mail.

»Die Spucke von dem Typen landet genau unter meinem Auge. Ich lächle. Wie immer. Ich habe von diesem scheiß Lächeln schon Falten. Immer schön lächeln, dann sind die Typen nicht so aggressiv. Das ist es, was ich gelernt habe. Lächeln. Immer lächeln. Was soll ich sonst tun. Der Typ starrt mich mit hassverzerrtem Gesicht an. Dieser kalte, widerliche Hass. Dieser unglückliche Hass. Der Hass, der die Lippen schmal und die Haut dünn werden lässt. Ich weiß schon, was gleich passieren wird. Ich bin starr vor Schreck. Es zischt. Mir wird kalt. Ich spüre seine Rotze in meinem Gesicht. Er wird sicher gleich sagen, Fotze, geh dahin, wo du hergekommen bist. Er wird versuchen, an meinem Hijab zu ziehen, er wird so was sagen wie *das hier ist unser Land, da brauchen wir keine Terroristen, keine Musels, zieh Leine, du Araberschlampe.* Doch bevor es wieder so weit kommt, verpasse ich ihm einen kräftigen Tritt zwischen die Beine. Er krümmt sich vor Schmerz. Ich ramme ihm mein Knie mitten ins Gesicht. Das habe ich in meiner Vorstellung genau so schon etwa hundert Mal getan. Der Typ bricht vor mir zusammen und liegt auf dem schlierigen Boden der U-Bahn. Er hält sich die Hände vors Gesicht. Zwischen den Fingern quillt schon das Blut hervor. Der Zug fährt in die Station ein. Hauptbahnhof. Der Typ liegt so, dass die anderen Leute gut an ihm vorbeikommen. Die meisten tun so, als sei nichts geschehen. Der Mann stöhnt. Mein Knie tut weh. Niemand traut sich, mir zu nahe zu kommen. Zwei junge Frauen bleiben stehen.

Die eine: ›Hat der Typ dir ins Gesicht gespuckt? Krass.‹

Die andere: ›Und dann gleich eins auf die Fresse. Alter.‹

›Der hätte lieber zuschlagen sollen‹, sagt eine ältere Frau im Vorbeigehen. Ein junger Mann kniet sich zu dem Typen. Ich drehe mich um und ziehe die Notbremse, die neben der Tür leuchtet. Sofort meldet sich eine Männerstimme mit bayerischem Akzent. Der Fahrer.

›Was ist?‹

›Hier liegt ein Verletzter im Wagen‹, sage ich ganz ruhig. ›Er blutet. Wahrscheinlich die Nase gebrochen. Zähne kaputt. Am besten, Sie verständigen mal die Rettung.‹

Ich höre ein genervtes, durch den Lautsprecher verzerrtes Stöhnen, das jäh abbricht. Dann leiert es durch den Außenlautsprecher.

›Liebe Fahrgäste, wegen einer Betriebsstörung kann dieser Zug leider nicht weiterfahren. Bitte alle aussteigen. Ich wiederhole: Wegen einer Betriebsstörung kann dieser Zug der U2 leider nicht weiterfahren. Bitte alle aussteigen. Achten Sie auf die Lautsprecheransagen am Gleis.‹

Ich ziehe mein Handy aus der Hosentasche und wähle Julikas Nummer. ›Geh dran, Schwester, bitte, geh dran.‹ Dann nimmt sie ab. ›Wo bist du? Kannst du kommen? Mach schnell, bitte, ich brauche Hilfe. Ich habe einen Typen umgehauen. Hauptbahnhof. U2. Bitte, beeil dich, ich brauch dich jetzt.‹ Julika arbeitet beim Radio. Das Funkhaus ist gleich neben dem Bahnhof. Sie ist die Erste, die mir einfällt. Wenn alles gut läuft, ist sie in fünf Minuten da. Ich habe keine Ahnung, was jetzt passiert. Ich habe noch nie zugetreten. Ein paarmal war es kurz davor, aber dann war ich jedes Mal so schlau, vorher tief Luft zu holen. Das hat uns der Trainer beigebracht. Dieses Mal ist es anders. Alles ging so atemberaubend schnell. Ich glaube nicht an dieses Triebmodell, dieses Fass, das man zum Überlaufen bringen kann, ich weiß, dass mein Gehirn, meine Gefühle so nicht funktionieren, aber jetzt ist es trotzdem passiert. Das ist kein Tropfen von irgendwas, es ist Rotze, die unter meinem Auge klebt. Rotze.

Das mit dem Fass ist ein Scheißbild, denke ich und sehe, wie am anderen Ende des Bahnsteigs drei Securitytypen angetrabt kommen. Wie oft hat mein Trainer mir eingebläut, niemals im echten Leben. Nicht treten. Das ist ein Sport. Das ist nicht für da draußen. Aber das hier ist das echte Leben. Der Typ, der mir ins Gesicht gespuckt hat, ist aufgestanden. Er hält sich die Hand vors Gesicht und lehnt leicht gekrümmt in der Ecke neben der U-Bahn-Tür. Breitbeinig nähern sich die Securities. Ein kleiner Dicker stellt sich neben den Blutenden. Ich muss grinsen. Es fühlt sich an, als hätte ich keine Kontrolle mehr über mein Gesicht. Das Grinsen bin ich nicht. Das Grinsen ist jemand anders. Ich werde rot. Die Typen sind nervös.

›Was gibt es zu lachen?‹

›Nichts, das war ein Lächeln, Bruder.‹

›Nenn mich nicht Bruder. Wenn ich dein Bruder wäre, dann würdest du hier nicht rumlaufen.‹

›Okay, alles klar.‹

›Was ist hier los?‹

›Notwehr‹, antworte ich. Dieses verdammte Grinsen hört einfach nicht auf.

›Der Typ da drin wollte mich schlagen. Er hat mir ins Gesicht gespuckt.‹

›Okay‹, sagt der Bruder, ›ich dachte schon, du heulst.‹

›Nee, das ist Spucke.‹

Der Bruder gibt mir ein Taschentuch und schaut dabei extrem angewidert.

›Mach das mal weg.‹

Mir wird schlecht. Die Vorstellung, dass die Rotze von diesem Mann in meinem Gesicht klebt, verursacht eine solche Übelkeit, dass ich fürchte, auf den Bahnsteig kotzen zu müssen. Kurz frage ich mich, ob sie die Rotze als Beweismittel brauchen. Wie Sperma bei einer Vergewaltigung. Ich mache ein Selfie mit geschlossenen Augen. Getroffen. Während ich mit dem Taschentuch in meinem Gesicht herumreibe und mir immer schlechter wird, treffen zwei Polizisten ein. Der Typ hat angefangen zu schimpfen. Ich kämpfe mit meiner Übelkeit und seiner Rotze, er gibt seine Version des Vorfalls zum Besten. Alle können es hören. Er hat einen sündhaft teuren, olivgrünen *Fjällräven*-Mantel an. Ich bin überrascht. Er ist viel jünger als ich dachte. Dreitagebart. Es ist viel zu warm für diesen Mantel, denke ich. Er hat einen großen, silberfarbenen Rollkoffer dabei. Am Bügel eine Flughafenbanderole. Ich kann nicht erkennen, wo er gerade herkommt. Es scheint, als würde alle Kraft aus ihm weichen. Sein Gesicht verzieht sich zu einer jämmerlichen Fratze.

›Warum tritt mir diese kranke Tussie ins Gesicht!‹, greint er.

Er sackt weiter zusammen und hält seine Hände vor den Mund. Neben ihm der Rollkoffer, der Mantel bedeckt den Boden um ihn herum. Er jammert und es scheint, als würde er sich selbst furchtbar leidtun. Das Blut tropft auf den Saum seines Mantels. Auf seiner Stirn steht der Schweiß. Ich zittere. Mir fällt das Telefon aus der Hand. Einer von den Securities bückt sich und hebt es auf. Er streckt es mir entgegen. Er trägt Handschuhe. In der Linken hält er ein Funkgerät, dass unentwegt kratzt und knarzt. Mittlerweile hat sich eine kleine Menschentraube um den Eingang des Waggons gebildet. Zwei Frauen, die zu einer Gruppe geistig behinderter Menschen gehören, versuchen ihre Schützlinge dazu zu bewegen, weiterzugehen. Alle starren mich an und warten darauf, dass etwas passiert. Ein paar junge Typen machen Witze und verstehen nicht, was los ist. Ich bin immer noch in dem Waggon. Als Einzige. Wie auf einer Bühne. Ich nehme das Telefon und frage mich kurz, ob ich mir das alles nur einbilde. Ist gar nichts passiert? Aber die Spucke in meinem Gesicht ist echt. Das habe ich mir nicht eingebildet. Eine Polizistin stellt sich breitbeinig vor mich hin. Ich strecke ihr das Taschentuch entgegen.

›Hier, Beweismittel‹, sage ich.

Sie schaut mich angewidert an.

›Können Sie mit mir auf den Bahnsteig kommen?‹

›Ja, klar‹, erwidere ich und sacke zusammen. Die Polizistin beugt sich zu mir runter. Mir ist kurz schwarz vor Augen und dann sehe ich, wie sie sich zu ihrem Kollegen umdreht.

›Rufst du die Rettung?‹

›Ich kann aufstehen‹, sage ich und ziehe mich am Arm der Polizistin nach oben. Das Taschentuch bleibt auf dem Bahnsteig liegen.

›Die soll nicht so tun, als wäre sie schwach‹, ruft der Typ, der mittlerweile auf einer Bank am Gleis sitzt. Da kommen schon die Sanitäter. Sie inspizieren seine Nase und den blutenden Mund. Einer kommt zu mir und fragt mich, ob ich Hilfe brauche. Ich lächle.

›Alles in Ordnung‹, sage ich. Er nimmt mein Handgelenk. Wahrscheinlich will er meinen Puls fühlen.

›Ich lebe noch‹, sage ich.«

Die E-Mail hörte einfach auf. Genauso wie sie angefangen hatte. Ohne Anrede und ohne Verabschiedung. Keine Floskel. Nichts. Ich rief Özlem an und erzählte ihr, dass sich Amina bei mir gemeldet hatte. Sie war erleichtert und wollte gleich zu ihren Eltern.

»Die haben noch nichts von ihr gehört. Die machen sich irrsinnige Sorgen. Hast du ihr geantwortet?«

Özlem wollte wissen, wo Amina steckt.

»Keine Ahnung. Insta?«

»Tot.«

»Whats App?«

»Funkstille.«

Ich antwortete Amina per E-Mail und fragte sie, ob sie Hilfe brauche. Wo sie sei. Aber es kam nichts zurück. Ein paar Tage später war wieder eine E-Mail im Postfach. Das gleiche Spiel, keine Anrede, keine Verabschiedung.

»Ich gehe mit den Polizisten durch das Untergeschoss des Bahnhofs. Ein Mann geht vorneweg, einer an meiner Rechten, eine Frau an meiner Linken, ein Vierter hinter uns. Ich bin eine Sonne mit vier Monden. Manche Leute schauen neugierig, manche bemerken uns gar nicht.

›Und der Typ?‹, frage ich die Polizistin.

›Der kommt ins Krankenhaus.‹

›Der hat mich angespuckt.‹

›Kann sein.‹

›So was ist mir noch nie passiert.‹

›Das erzählen Sie gleich alles im Präsidium.‹

›Bin ich jetzt festgenommen?‹

›Ich denke, dass wir Sie nach dem Verhör wieder gehen lassen.‹

Die Polizistin versucht, so sachlich wie möglich zu sein. Vor dem Bahnhof setzen sie mich in ein Auto. Beim Einsteigen drückt die Polizistin von oben meinen Kopf nach unten. Ich frage mich, warum. Damit ich mir den Kopf nicht anstoße? Ich habe diese Szene schon so oft in Filmen gesehen und jedes Mal habe ich mich gefragt, warum den Delinquenten nicht zugetraut wird, dass sie sich selbstständig auf den Rücksitz eines Autos setzen können. Hat sich jemals schon mal ein Verdächtiger den Kopf an der Türkante gestoßen? Vielleicht macht die Polizistin das, weil sie es, wie ich, ständig im Fernsehen sieht.«

…

»Es sind zwei Polizistinnen da. Ich soll mich ausziehen. Bis auf die Unterhose. Wir stehen in einer gekachelten Zelle.

›Warum?‹, frage ich.

›Weil wir nicht wollen, dass Sie sich verletzen.‹

›Nicht Ihr Ernst!?‹

›Doch!‹

›Warum sollte ich mich verletzen?‹.

›Der Kollege, der Sie vernehmen wird, ist noch unterwegs. Sie bleiben für ein paar Stunden hier. Das machen wir mit jedem so.‹

›Ich will hier aber nicht bleiben.‹

›Ziehen Sie sich bitte aus! Sonst müssen wir das machen. Glauben Sie nicht, wir machen das gerne.‹«

…

»Das Verhör ist easy. Nur der Polizist tippt irrsinnig langsam. Ich rede wie eine Gestörte. Mega abgehackt. Damit. Er. Mitkommt.

Ständig verrutscht das notdürftig übergeworfene Tuch auf meinem Kopf. Die Polizistinnen haben mir die Nadeln zum Befestigen abgenommen und dann sind die Nadeln verschwunden. Sie waren jedenfalls nicht in dem Beutel, den sie mir gegeben haben, als ich die Zelle wieder verlassen durfte. Handy, Schlüssel, Lippenstift, Kugelschreiber. Alles da. Nur keine Nadeln.

›Wo sind die Nadeln?‹, habe ich gefragt.

›Hier brauchen Sie keine Nadeln.‹

›Das Tuch hält nicht ohne Nadeln.‹

›Ich frag mal die Kollegin.‹«

…

»›Wo haben Sie den Typen hingebracht?‹

›Keine Ahnung. Darf ich nicht sagen.‹

›Warum?‹

›Datenschutz.‹

›Ich würde mich gerne entschuldigen.‹

›Gute Idee‹, sagt der Polizist. ›Aber wir müssen erst den Geschädigten fragen, ob er damit einverstanden ist.‹

›Der hat einen Anwalt‹, sagt der andere Polizist.

›Das läuft alles über den.‹

›Klar, der hat einen Anwalt. Ich frage mich, warum mich das überrascht.‹ Ich denke daran, dass ich keine Rechtsschutzversicherung habe und dass ich noch nie in meinem Leben mit einem Anwalt zu tun hatte. Ich kenne Anwälte nur aus Filmen. Die beiden Polizisten schauen sich an, als hätte ich angedroht, gleich das Polizeipräsidium in die Luft zu jagen.

›Wir leben hier in einem Rechtsstaat‹, sagt der eine.

›Gut, dass Sie das sagen‹, nuschle ich leise vor mich hin.

Das Telefon klingelt. Der Jüngere geht dran. Ohne ein Wort zu sagen, legt er wenige Sekunden später wieder auf.

›Du sollst mal zum Chef hochkommen‹, ruft er seinem Kollegen zu und setzt sich zu mir an den Tisch. Der andere kramt ein paar Unterlagen zusammen und verlässt das Zimmer. Der Polizist schaut mich freundlich an. Er ist ungefähr so alt wie ich. Er tippt mit seinem Kugelschreiber rhythmisch auf den kotzfarbenen Resopaltisch. Er sagt kein Wort. Er mustert mich und scheint die Situation auszukosten. Er nimmt einen von den Notizzetteln, die auf dem Tisch liegen, und schreibt etwas auf. Ganz langsam. Dabei schaut er mich weiter an. Er schiebt den kleinen Zettel in meine Richtung. Dann steht er auf und klappt die Theke hoch, die den Raum vom Besucherbereich trennt. Während er mir den Rücken zudreht, nehme ich den Zettel und stecke ihn unauffällig in meine Hosentasche.

›Sie können jetzt gehen‹, sagt er. Ich stehe auf und gehe an ihm vorbei. Auf der anderen Seite der Theke drehe ich mich zu ihm hin und strecke ihm meine Hand entgegen.

›Auf Wiedersehen!‹, sage ich.

›*Auf Wiedersehen* hören wir hier nicht so gerne!‹

Er gibt mir nicht die Hand. Stattdessen lacht er lieber über seinen eigenen Witz und schließt die Theke. Draußen krame ich den Zettel aus der Jeans. *Schwabinger K.* steht da drauf. Und ein Name.«

…

»›Ich bin nicht aus der Sitzung rausgekommen‹, sagt Julika am Telefon. ›Wo warst du? Ich habe alles abgesucht. Den ganzen Bahnhof.‹

Ich erzähle ihr, was passiert ist. Den Zettel erwähne ich nicht. Ich beruhige sie. ›Mir geht es gut.‹ Sie will wissen, wo ich jetzt bin. Ich sage, dass ich zu Hause bin, aber das stimmt nicht. Sie will vorbeikommen. Ich sage ihr, dass ich erst mal meine Ruhe brauche. Später am Abend ruft Özlem an. Julika hat ihr alles erzählt.

›Warum hast du die Tür nicht aufgemacht? Ich habe zehn Minuten lang geklingelt.‹

›Weil ich nicht zu Hause bin‹, antworte ich ihr.

›Ich schäme mich.‹«

…

Die Abstände zwischen den E-Mails wurden immer länger. Ich war in Endproben und kam erst spätabends nach Hause. So kurz vor der Premiere nehme ich mein Telefon nicht mit ins Theater, weil mich das zu sehr ablenkt. Ich versinke dann ganz in der Arbeit, ich verwandle mich in meine Rolle und bin nicht mehr zurechnungsfähig. Als ich noch jünger war, am Anfang meiner Karriere, hat das regelmäßig zu Verwirrungen geführt. Leute waren abgestoßen, weil ich mich seltsam benommen habe, ich war aggressiv oder weinerlich oder albern, nicht mehr tauglich für das normale Leben. Irgendwann habe ich diese Dynamik verstanden, und mittlerweile nimmt sich meine Frau eine Woche vor jeder Premiere frei, um sich um alles zu kümmern. Es waren noch drei Tage bis zur Premiere. Die Anspannung war hoch. Die Situation mit der jungen Kollegin, die meine Ex-Frau spielte, wurde immer abstruser. Ich weiß nicht warum, aber irgendwann im Laufe der Probenzeit hat sie mich zu ihrem Feind erklärt. Ich dachte am Anfang, das sei eine Phase und sie brauche das, um in ihre Rolle der verlassenen Frau zu finden, die ihr Kind verloren hat. Aber dann wurde es immer heftiger. Sie sprach jenseits der Bühne kein Wort mehr mit mir. Sie schnitt mich in der Kantine und würdigte mich keines Blickes. Ich habe ein paarmal versucht, die Sache auf den Proben anzusprechen, aber sie wollte darüber nicht reden. Es gab Krach. Die anderen Kollegen waren auch ratlos. Ich hatte Angst, dass ich irgendwas falsch gemacht hatte. Irgendwann wollte die Regisseurin mit mir essen gehen. Wir sind auf meinen Vorschlag ins *Isra,* ein irakisches Restaurant im Bahnhofsviertel. Aminas Lieblingslokal. Dort gab es nur Rindfleischspieße mit Reis und Salat und selbst gebackenes Brot. Man konnte wählen, ob man einen, zwei oder drei Spieße haben wollte. Mehr Auswahl gab es nicht. Die Regisseurin, eine kleine, zierliche Person, bestellte sich drei Spieße. Ich nur einen, weil ich wusste, wie groß die Portionen sind. Ich warnte sie aber nicht, weil ich sehen wollte, was passiert. Der Kellner brachte die riesigen Teller. Erst stellte er den mit den drei Spießen auf meine Seite. Ich bat ihn, zu tauschen. Er grinste. Die Regisseurin rieb sich die Hände. Mir fiel auf, dass sie komplett abgekaute Fingernägel hatte. Sie schob die Fleischstücke von den riesigen, metallenen Spießen auf ihren Teller und machte sich ohne zu zögern über den rötlichbraunen Fleischberg her. Sie schaute ab und an auf und trank aus ihrer *Coke light.* Es sah aus, als hätte sie wochenlang nichts zu essen bekommen. »Du darfst die ganze Sache nicht persönlich nehmen«, sagte sie mit vollgestopftem Mund und aß weiter.

»Lena macht gerade eine schwere Zeit durch.«

Kyra kaute zwischen den einzelnen Sätzen und trank. Sie bestellte mittlerweile schon ihre dritte Dose *Coke light.*

»Was ich dir jetzt erzähle, bleibt unter uns, versprochen?«

Ich schob mir den ersten Bissen Fleisch in den Mund und nickte. Dabei ließ ich sie nicht aus den Augen. Ihr Tempo beim Essen war atemberaubend.

»Lena fühlt sich als Mann.«

Kyra schluckte, trank und spießte Fleisch auf.

»Sie will keine Frau mehr sein. Sie möchte *Jakob* werden.«

Obwohl Kyra die ganze Zeit schlang und kaute und schmatzte, trug sie ihre Sätze mit einer solchen Schwere vor, als würde sie mir gerade gottgleich und exklusiv das Datum des drohenden Weltuntergangs offenbaren.

»Okay. Was ist das Problem?«, antwortete ich besonders lapidar und wischte mir den Mund ab. Ich versuchte, mein Genervtsein zu verbergen.

»Sie kommt damit nicht klar. Ihr Vater macht ihr die Hölle heiß. Er ist Orthopäde und hat seine drei Kinder alleine großgezogen. Er ist so ein mega Patriarch und wollte schon nicht, dass sie Schauspielerin wird. Und jetzt das.«

»Aber was habe ich damit zu tun, wenn er keine Frau sein will?«

»Wer jetzt?«

»Er, Jakob. Nehmen wir das doch ernst und nennen wir ihn so.«

Ich wollte besonders schnell und offen sein und keinen Zweifel an meiner Fortschrittlichkeit aufkommen lassen.

»Ja. Du hast recht, aber das ist nicht unser Thema.«

Kyra glitt in ihren herrischen Regisseurinnenton. Sie war verwirrt. Ihr fiel ein halb zerkautes Stück Fleisch aus dem Mund, neben den Teller. Ich reichte ihr ein Serviette. Sie nahm das Ding und wischte sich ebenfalls den Mund ab und stopfte sich mit der Linken das heruntergefallene Fleisch wieder hinein. Und dann *Coke light* hinterher.

»Guter Laden hier!«, rief ich ihr zu. Sie streckte ihren rechten Daumen nach oben.

»Sie, äh, er hat es schwer. Du erinnerst ihn an seinen Vater. Massiv. Und sie will keine Frauen mehr spielen. Die Intendantin weiß davon noch nichts, die Dramaturgen auch nicht. Sie, er ist ganz am Anfang mit dem Outing. In ihr, ihm, ach keine Ahnung, da schwelt das wohl schon ganz lange. Umso verwirrender. Aber ihr Entschluss steht fest. Was ich eigentlich mit dir besprechen wollte: ich bitte dich, sei geduldig, nimm die Sache nicht persönlich. Für die Szenen ist der Konflikt natürlich perfekt. Es ist so krass, wie ihr zwei da auf der Bühne struggelt. Das kommt so krass echt rüber. Verdammt, wir müssen diese Produktion retten.«

»Für mich ist das kein Problem. Mach dir keine Sorgen. Gut, dass ich Bescheid weiß.«

»Puh, ich bin erleichtert. Ein paar Tage noch.«

»Wir schaffen das«, sagte ich und grinste sie an. Sie verstand meinen Witz nicht und bedankte sich bei mir und erzählte mir minutenlang, wie sehr sie mich schätze als Schauspieler und Kollege und dass sie als junge Regisseurin so viel lerne jeden

Tag. Ich hörte ab einem gewissen Zeitpunkt nicht mehr zu. Diese ritualisierten Monologe von jungen Regisseurinnen hatte ich schon zu oft gehört. Ihre Suada wurde zu einem weit entfernten Rauschen. Ich dachte an Amina und fragte mich, wo sie wohl war. Wir zahlten und ich sicherte ihr meine Verschwiegenheit zu und versprach ihr, alles in meiner Macht Stehende zu tun, damit diese Premiere ein Erfolg würde. Ich sagte ihr noch drei Mal, welche Freude es sei, mit ihr zu arbeiten, und dass sie für ihr Alter außerordentlich reif und weit sei. Sie winkte ab, gespielt kokett, was so gar nicht zu ihr passte, umarmte mich ungestüm und lief halb springend, halb joggend die Schwanthalerstraße Richtung Sonnenstraße. Die Schnürsenkel ihrer roten Sneakers baumelten um ihre Fußgelenke. Ich fuhr mit der U-Bahn nach Hause. Klara und die Kinder schliefen schon. Ich setzte mich sofort an den Computer, der noch vom Vormittag in der Küche stand, und öffnete das Mailprogramm.

...

»Ich stehe vor dem Schwabinger Krankenhaus. Was für ein schönes altes Gebäude, denke ich. Aus der Tür kommt eine Familie, die gerade ihre Mutter abholt. Der Vater trägt eine Sporttasche mit ihrem Zeug. Die Kinder springen um die Frau herum wie junge Hunde. Sie schaut etwas gequält. Ich höre, wie der Vater sagt: ›Kinder, nicht so wild. Sonst muss sie gleich wieder zurück ins Krankenhaus.‹ Ich frage mich, warum sie in der Klinik war. Sie sieht blass aus und geht sehr langsam. Sie ist jung. Sie könnte auch das Au-pair-Mädchen der Familie sein. Ich lasse sie an mir vorbeiziehen und gehe dann die Treppen rauf. Oben angekommen, ziehe ich den Zettel aus der Hosentasche und lese noch mal den Namen, damit ich mich an der Information nicht verhasple. Die Frau an der Pforte schöpft keinen Verdacht und nennt mir anstandslos die Station und die Zimmernummer. Ich gehe durch die Halle Richtung Aufzug und fahre in den dritten Stock. Dort folge ich dem Wegweiser zur Toilette. Auf dem Gang kommen mir Besucher, Ärzte und Krankenschwestern entgegen. Ich tue so, als wüsste ich genau, wo ich hinwill. Vor der Toilette steht ein Reinigungswagen und versperrt die Tür. Zum Glück kommt die Reinigungskraft gerade wieder heraus und schiebt den Wagen zum Männerklo. Die Frau mustert mich. ›Danke Schwester‹, sage ich ganz leise. ›Salamaleikum.‹ Sie nickt mir zu. ›Maleikum Salam.‹ Sie lächelt scheu. Sie ist blass und geht etwas gebückt. Wahrscheinlich sieht sie viel älter aus, als sie in Wirklichkeit ist. Ihre Plastikpantoffeln quietschen bei jedem Schritt auf dem hellbraunen Linoleumboden. Ich schließe mich in eine der Toilettenkabinen ein. Ich ziehe meinen Adidas-Rucksack aus und stelle ihn auf den heruntergeklappten Klodeckel. Man merkt, dass die Schwester gerade sauber gemacht hat. Ich muss grinsen. Ich ziehe die neuen Nadeln, die ich mir inzwischen im Karstadt besorgt habe, aus meinem Hijab, schiebe sie in die kleine Plastikschachtel, die ich aus meinem Rucksack nehme. Ich wickle das Tuch von meinem Kopf, lege es zusammen und stecke es in den Rucksack. Ich ziehe die Haube, die mein Haar zusammenhält, vom Kopf und spüre die kalte Luft, die aus der Klimaanlage in den Raum strömt. Das synthetische Käppi stopfe ich zu dem Tuch und verschließe den Rucksack. Ich fahre mir mit den Händen durch die Haare, die etwas verschwitzt sind. Ich schließe die Klotür auf, nehme den Rucksack und stelle mich vor den Spiegel, der über dem Waschbecken hängt. Ich krame den roten Lippenstift und den Kajal aus dem Rucksack. Das leicht glänzende Puder. Im Spiegel sehe ich die Person, die ich sonst nur von zu Hause oder aus der Umkleidekabine beim Boxtraining kenne. Die Tür geht auf, eine ältere Frau kommt herein und verschwindet in einer der Kabinen. Ich höre, wie die Frau pinkelt. Mir wird schlecht. Nachdem ich meine Hände mit Desinfektionsmittel behandelt habe, ziehe ich den Rucksack wieder an und verlasse die Toilette. Die Reinigungsfrau kommt gerade aus dem Männerklo und steht vor ihrem Putzwagen. Sie schaut mich an. Ich werde rot. Sie strahlt über das ganze Gesicht. Sie sieht plötzlich viel jünger aus. Sie kommt auf mich zu und sagt ganz leise: ›Viel Glück, Schwester.‹ Keine Ahnung, was sie meint. Ich nicke verlegen und gehe Richtung Chirurgie. Zwei junge Ärzte kommen mir entgegen. Der eine lächelt mich an. Das passiert mir mit Hijab nie. Schade eigentlich, denke ich und bleibe vor dem Zimmer mit der richtigen Nummer stehen. Ich klopfe, warte kurz und öffne die Tür. An der Wand hängt ein Fernseher, gegenüber ein großes, zerwühltes Krankenhausbett mit Teleskopstange und Triangel. Es ist niemand da. Ich schaue auf ein riesiges Fenster. Die Vorhänge und die Gardinen sind zur Seite gezogen. Ein paar Sonnenstrahlen fallen auf das Fußende des Bettes. Es riecht nach Hagebuttentee und Desinfektionsmittel. Ein zerrissener Fetzen vom graublauen Himmel ist zu sehen. Ich höre die Toilettenspülung im Nebenraum und gehe schnell wieder aus dem Zimmer raus. Ganz leise ziehe ich die Tür zu. Ich gehe ein kleines Stück den Gang runter. Stelle mich kurz ans Fenster und schaue auf den mickrigen Park im Innenhof. Raucher in der einen Ecke. Ein paar kleine Kinder in der anderen. Erst war ich Kind, denke ich, dann Raucherin. Jetzt bin ich *was weiß ich*. Ich gehe zurück zur Tür, klopfe erneut und trete ein. Er sitzt auf seinem Bett, die Rückenlehne ist nach oben geklappt. Die Nase ist von einem dicken, weißen Mullmonster verdeckt. Das rechte Auge ist geschwollen. Um das Auge herum ist das Gesicht blaugrüngelb verfärbt. Das Kinn ist knallrot. In seinem Handrücken stecken ein paar Kanüleneingänge, schön säuberlich verklebt. Bevor er etwas sagen kann, trete ich an sein Bett und strecke meine Hand aus. Er rührt sich nicht. Er schaut mich verdutzt an. Ich merke, dass er mich nicht erkennt.

›Ich bin's‹, sage ich.

Er räuspert sich. Er dreht sich mit dem Oberkörper ganz langsam in meine Richtung. Sein Hals scheint steif zu sein.

›Ich bin die, die Ihnen das Gesicht demoliert hat.‹«

...

Sie arbeitet mit *suspense*, dachte ich. Wieder so ein Abbruch. Ich machte mir ein Bier auf und las ihre E-Mail ein zweites Mal. Ich ging ins Bad. Beim Zähneputzen sah ich, wie müde ich war. Mein Körper war wegen der Premiere und der damit verbundenen Anspannung so voller Adrenalin, dass ich keine Müdigkeit mehr spürte, nur wenn ich mich bewusst darauf konzentrierte. Alkohol half mir dabei, mich in einen Zustand zu versetzen, der es mir ermöglichte, einzuschlafen. Ich sah die Ränder unter meinen Augen, die Falten, die die Wangen zerfurchten. Die Haut war grau und ich bildete mir ein, dass meine Wangen schon hingen wie die Lefzen eines alten Köters. Wie lange macht dein

Körper das schon mit, fragte ich mich. Ich stand da, betrachtete das fremde Gesicht im Spiegel und sehnte mich für einen kurzen Augenblick danach, mich nicht mehr bewegen zu müssen. Das war neu. Was wäre wohl, wenn ich einfach nicht mehr weitermachte. Wenn ich nun ins Bett ginge, um danach nicht wieder aufzustehen, einfach zu schlafen, zu ruhen, dazuliegen und nichts mehr zu tun. Die Premiere würde ohne mich verstreichen, die Aufregung wäre groß, sie würden unter äußerster Anstrengung umbesetzen, vielleicht um eine oder zwei Wochen verschieben und dann spielte jemand anderes meine Rolle. Und schon wäre ich vergessen. Ich würde mich krankschreiben lassen und dann in aller Ruhe überlegen, wie es weitergehen würde, vielleicht würde ich einen anderen Beruf ergreifen oder mich nur noch um meine Kinder kümmern. Ich versuchte über meine eigenen Gedanken zu lächeln. Aber es gelang nicht. Ich war so erschrocken über das Auftauchen dieser Vision, dass mir schwindelig wurde. Ich musste mich am Waschbecken festhalten. Mir wurde speiübel. Und dann fiel ich hin. Dabei knallte ich mit dem Kopf gegen den Rand des Waschbeckens und schlug mir die Stirn über dem rechten Auge auf. Blackout. Nach kurzer Zeit kam ich wieder zu Bewusstsein. Der Boden war voller Blut. Mir tat der Kopf weh. Das war die erste echte Ohnmacht meines Lebens. Ich zog mich am Waschbecken nach oben und sah das ganze Ausmaß meiner Verletzung. Das Gesicht war blutüberströmt. Komischerweise war ich ganz ruhig. Meine Frau schlief, die Kinder auch. Ich wischte mir das Blut aus dem Gesicht und sah, dass ich eine Platzwunde hatte. Ich drückte ein frisches Handtuch gegen die Stirn und ging in die Küche, wo unser Verbandsmaterial auf dem Regal lag. Wegen der Kinder, die sich ständig verletzten, waren wir gut ausgestattet. Ich desinfizierte die Wunde, drückte eine frische Mullkompresse darauf und klebte ein riesiges Pflaster darüber. Nachdem ich einen Zettel für meine Frau geschrieben hatte, falls sie aufwachen sollte, verließ ich das Haus Richtung Taxistand. Ich ließ mich in die Notaufnahme im *Rechts der Isar* fahren. Dort kam ich recht schnell dran, die junge Ärztin nähte die Wunde mit ein paar Stichen und verklebte alles ordentlich. Nachdem sie sich mehrfach versichern ließ, dass ich keine Kopfschmerzen hätte und es mir auch sonst gut ginge, entließ sie mich. Es war mittlerweile zwei Uhr. Ich fuhr wieder nach Hause und legte mich neben meine Frau. Vor dem Einschlafen dachte ich an Aminas letzte E-Mail. Warum habe ich mich eigentlich nicht ins Schwabinger Krankenhaus fahren lassen? Am nächsten Tag erzählte ich meiner Frau und den Kindern, dass ich im Bad ausgerutscht sei. Mein Sohn konnte gar nicht mehr von dem Pflaster auf meiner Stirn ablassen. Er war sehr aufgeregt. Meine Frau fragte mich, ob ich mich nicht krankschreiben lassen wollte. Ich versuchte sie zu beruhigen. Sie sah mich verständnislos an. Alles sei in Ordnung. Meine Tochter würdigte mich keines Blickes. Ich nahm alles nur gedämpft wahr, verschwommen, wie hinter einer Zellophanfolie. Ich fuhr ins Theater und ging zu Kyra, die in der Kantine saß und Kaffee trank.

»O mein Gott«, schrie sie irre laut, als sie mich sah. Ich wurde wütend.

»Ganz ruhig bleiben«, sagte ich gespielt locker. »Es ist nichts Schlimmes. Bin ausgerutscht. Wir können ganz normal weitermachen.«

»Ist wohl alles ein bisschen viel grade.«

»Was meinst du?«

»Lena. Premiere. Das alles.«

Mir fiel die Geschichte mit der Kollegin wieder ein. Klar, das war ja auch noch.

»Ja, ja«, sagte ich ernsthaft. »Aber mach dir keine Sorgen. Ich bin fit. Wir schaukeln das Ding. Die Maske kriegt das schon hin.«

»Am Ende ist es immer eine Sache der Maske«, sagte Kyra und kippte ihren Kaffee in einem Zug runter.

Ich hatte furchtbare Kopfschmerzen, was dazu führte, dass ich mich auf der Probe nicht auf die Kollegin konzentrierte, sondern versuchte, ganz bei mir zu bleiben. Das war gut. Ich betrachtete die junge Frau, die mir auf der Bühne gegenübersaß. Sie litt, weil sie nicht nur ihren Mann, sondern auch ihr Kind verloren hatte. Ich spürte weder Mitleid noch irgendein anderes Gefühl. Da war nur dieser Kopfschmerz, der mich von jeder Art Einfühlung befreite. Jede Stunde nahm ich eine Ibuprofen 400 und trank einen halben Liter Wasser. Das ging zwei Tage so, dann ließen die Kopfschmerzen nach. Gerade hatten die Osterferien angefangen und Klara fuhr mit den Kindern zu ihren Eltern. Das machte sie oft vor Premieren. Mir half das. Dieses Mal war es wirklich eine Befreiung. Ich konnte mich sofort ins Bett legen, musste nicht mehr so tun, als sei alles in Ordnung, wenn ich nach der Probe nach Hause kam. Ich stellte mir den Wecker, um rechtzeitig zur Abendprobe wieder im Theater zu sein. Ich schlief, ging zur Probe, schlief, ging wieder zur Probe. Und zwischendurch öffnete ich in der Hoffnung, dass eine neue Nachricht von Amina eingegangen sein könnte, das E-Mail-Programm. Fehlanzeige. Ich versuchte, sie anzurufen. Keine Reaktion. Auch Özlem war verzweifelt. Aminas Eltern hatten in der Zwischenzeit die Polizei verständigt, weil sie sich Sorgen um ihre Tochter machten. Ich erzählte niemandem etwas von ihren E-Mails.

»Die Polizei unternimmt nichts«, sagte Özlem.

Amina sei erwachsen und es gebe keinerlei Hinweis auf irgendeine Art von unnatürlichem Verschwinden. Man könne nicht jedem Erwachsenen nachlaufen, der mal ein paar Tage seine Ruhe haben wolle. Sie müsse allerdings alle zwei Wochen Meldung bei der Polizei machen, das sei ihre Auflage, sonst hätte man sie in Gewahrsam behalten müssen. In ein paar Tagen sei es wieder so weit, dann werde man ja sehen, ob sie erscheine. Wenn nicht, schreibe man sie zur Fahndung aus. Dann war der Tag der Premiere. Mein Kopf war wieder einigermaßen in Ordnung. Ab und an zuckte es über dem Auge, die Wunde tat etwas weh, aber das fühlte sich mehr nach Heilung als nach Gefahr an. Ich saß am Nachmittag zu Hause mit einer Tasse Kaffee und starrte aus dem Fenster. Die Endproben waren einigermaßen entspannt verlaufen. Die junge Kollegin hatte sich in ihrer Wut und Anspannung eingerichtet, ich ließ sie einfach gewähren.

Irgendwie passte das zu meiner Rolle. Die Inszenierung war souverän gebaut, sodass die Endproben tatsächlich mehr dem Feinschliff von technischen Übergängen und Musikeinsätzen dienten und nicht, wie manchmal, dem Einhegen von Hysterie oder dem Ausbügeln von nicht getaner Arbeit während der vorangegangenen Probenzeit. Das war eher selten. In diesen Fällen kehrte am Premierentag eine unheimliche Ruhe ein. Nichts war mehr zu tun. Alles war in eine Form gegossen, die Sätze, die Gefühle, die Bewegungen, jede Reaktion, die Musik, die unsichtbare, geisterhafte Bewegung der Bühnentechnik, die Elektronik der computergesteuerten Einsätze, es gab nichts mehr, worüber man sich aufregen musste, manche Szenen waren bewusst in der emotionalen Schwebe, auch die Bewegungen und die gefühlsmäßige Temperatur durfte von Tag zu Tag variieren, aber das war kein Grund zur Beunruhigung, weil es ein verbindliches und funktionierendes Mindestmaß an Verabredungen gab, das wie ein Korsett funktionierte und mir das Gefühl vermittelte, alles sei in Ordnung. Die Kunst war jetzt, den Adrenalinspiegel nicht zu früh absinken zu lassen, sondern zugleich in der sich anbahnenden Entspannung zu baden und aufmerksam und spannungsvoll zu bleiben. Wenn das gelang, konnte ich mich als Schauspieler in so eine Inszenierung hineinfallen lassen, denn ich wusste, dass sich alle an die Verabredungen halten würden. Die Choreografie der Aufführung war in Fleisch und Blut übergegangen, ich konnte mich auf meinen Körper verlassen. So ein Theaterabend war wie ein künstlich geschaffener Organismus, der nach bestimmten Gesetzen atmete und lebte und sich durch die Zeit der Aufführung bewegte wie ein gezähmtes, liebenswürdiges Ungeheuer. Und ich selbst war ein Teil davon, verwachsen, verbunden, eingebaut und doch mit eigenem Herzschlag und eigener Lebensenergie. Fast schon automatisch tippte ich irgendwann auf der Tastatur meines Laptops herum, um das E-Mail-Programm zu öffnen. Und siehe da, Amina hatte wieder geschrieben. Kurz dachte ich, ob es nicht besser sei, die E-Mail erst nach der Premiere zu lesen und einfach so zu tun, als sei gar nichts gekommen, um mich nicht selbst wieder aus dem entstandenen Gleichgewicht zu bringen, aber dann war es schon zu spät, meine Finger waren schneller als meine emotionale Intelligenz, ich drückte auf Öffnen und Aminas Zeilen füllten den Bildschirm aus. Ich hatte nicht mehr viel Zeit. Ich musste los. Zur Premiere. Die Maskenzeit war weit nach vorne verlegt worden wegen der Verletzung in meinem Gesicht.

...

»Er sagt nichts. Er schaut mich an und fängt an zu heulen. Er heult, ohne sein Gesicht zu verziehen. Nur der Mundwinkel zuckt und aus seinem Auge laufen Tränen. Er ist höchstens fünfunddreißig. Sie haben ihn rasiert. Ich sage, dass ich mich entschuldigen will. Er nickt kurz. Ich reiche ihm ein Taschentuch von seinem Nachtschränkchen. Er wischt sich vorsichtig die Tränen aus dem Gesicht. Fein, zärtlich. Er fragt mich leise, woher ich denn wisse, dass er hier im Krankenhaus sei. Ich antworte nicht. Er starrt auf meine Haare. Er fragt mich, warum ich das getan habe. Ich werde wütend.

›*Warum*? Sie fragen mich *warum*?‹

›Ich habe doch nichts getan.‹

›Sie haben mir ins Gesicht gespuckt.‹

›Nein. Das war ich nicht.‹

Ich muss lachen.

›Sie wollen doch nicht ernsthaft abstreiten, dass Sie das waren. Wer soll es denn sonst gewesen sein?‹

›Ich weiß es nicht. Da waren doch so viele Leute.‹

Er fängt wieder an zu heulen. Sein Kiefer sei an zwei Stellen gebrochen. Die Nase müsse operiert werden. Drei Zähne seien entfernt worden. Volltreffer, denke ich. Vielleicht hat er Angst, dass ich noch mal zuschlage. Ich versuche mich zu beruhigen.

Ich versichere ihm, dass ich da bin, um mich zu entschuldigen und zu verstehen, warum er das getan habe. Mir sei mein eigenes Verhalten ein Rätsel, versuche ich ihm zu erklären. Ich frage ihn, ob es wegen des Kopftuchs gewesen sei. Er schüttelt den Kopf, was ihm sichtlich wehtut.

›Nein, nein, nein. Ich war es nicht.‹

Er sei gerade von einer Geschäftsreise zurückgekommen. Aus Finnland. Er arbeite für ein Start-up, das Cannabis-Produkte vermarkte. Er sei auch schon in muslimischen Ländern gewesen, Malaysia, Indonesien, auch dort gebe es reges Interesse an ihren Produkten, riesige Märkte für Kosmetika, Tabletten, Angstlöser, sogar Getränke mit Cannabis, die seien dort besonders gefragt. Alkoholersatz. Er kenne sich gut aus. Eigentlich habe er vorgehabt, mit seinem Freund nach Marokko zu fliegen, um dort Urlaub zu machen. Wo eigentlich mein Kopftuch sei. Ich bin sprachlos und fange an zu schwitzen. Er glaubt wirklich, dass er es nicht war. Er habe mich mit hassverzerrtem Gesicht angestarrt und dann gespuckt, erkläre ich ihm. Ich zeige ihm die Stelle und das Foto und frage mich, warum er das alles abstreitet. Macht er das, weil sein Anwalt ihm das gesagt hat? ›Die Alte findet eh keine Zeugen. Dann steht Aussage gegen Aussage und dann sind Sie fein raus und kriegen ordentlich Schmerzensgeld und sie wird wegen Körperverletzung verknackt.‹ Ist es das? Oder macht er das, weil er einfach feige ist? Will er mich provozieren? Oder hat er recht? Bilde ich mir das alles nur ein, hat es den Vorfall gar nicht gegeben, hat mir meine Angst ein Schnippchen geschlagen? Hat jemand anders gespuckt? Aber nein, denke ich, die Rotze war doch echt, seine Fresse auch, das Taschentuch, wo ist das Taschentuch, warum habe ich das Taschentuch nicht aufgehoben, ich werde nervös und suche innerlich nach dem Taschentuch, wo habe ich das hingeschmissen, wer war noch dabei, wer ist Zeuge, die beiden Mädchen, Mist, die sind einfach weggegangen, wen hat die Polizei befragt, wahrscheinlich konnte niemand etwas sehen und am Ende gibt es nicht einen einzigen Zeugen, der sagen könnte, was passiert ist. Den Behinderten, die mit im Zug waren, glaubt eh kein Mensch.

›Ich habe das Kopftuch abgenommen, damit mich niemand erkennt, wenn ich hier zu Ihnen komme‹, erkläre ich ihm. Er schaut mich misstrauisch an. Ich versuche so ruhig und sachlich wie möglich zu sein. In mir drin tobt es. Kann man sich so krass täuschen? Kann jemand so dreist sein? Er würde so was niemals tun, sagt er. Er sei kein Freund meiner Religion, das müsse er gestehen, aber es gäbe ja schließlich Religionsfreiheit und warum solle er mir ins Gesicht spucken, einfach so, ich hätte ihm ja gar nichts getan. Außerdem sei er müde gewesen von der Reise und sowieso ein friedlicher Mensch, der seine Ruhe haben wolle. Er rät mir, mich in psychologische Behandlung zu begeben. Das sei keine Schande. Manchmal sei das Leben einfach überfordernd. Es tue ihm leid, dass er mir nicht weiterhelfen könne. Aber er sei froh, dass ich vorbeigekommen sei, so habe er wenigstens eine Erklärung, was passiert sei. Es habe ihn schon sehr beunruhigt, einfach so Opfer einer solchen Gewalttat zu werden. Nun könne er damit sicher besser umgehen. Ich stehe auf und verlasse den Raum. Ich bin nicht wütend und nicht traurig. Ich bin leer. Das ist ein Gefühl, das kein Gefühl ist. Ich bin eine leere Hülle. In mir ist nichts, was sich regt. Ich fühle mich leicht. Ich verlasse das Zimmer. Auf dem Gang bleibe ich stehen und versuche, einen Gedanken zu fassen zu kriegen. Es gelingt mir nicht. Ich gehe zurück in die Toilette und stelle mich vor den Spiegel. Ich nehme das Tuch und die Haube aus der Tasche und bedecke meinen Kopf. Es ist, als wäre nichts geschehen, und doch ist alles anders. Die Stille nach der Explosion, denke ich. In mir steigt eine nie da gewesene Scham auf. Was, wenn es stimmt, was er sagt? Was, wenn er gelogen hat?«

…

Sie hatte ihn besucht. Ich zitterte. Wie ferngesteuert sprang ich auf, zog meine Jacke an, warf die Tasche über und schnappte den Schlüssel vom Sideboard, das im Eingangsbereich unserer Wohnung stand. Ich sprang die Treppen hinunter und lief Richtung U-Bahn. Die Wunde pochte. Im Theater angekommen gab ich mich konzentriert und ruhig. Ich hatte Amina eine Karte reserviert für die Premiere. Zehnte Reihe Mitte, damit ich von der Bühne sehen konnte, ob sie kommen würde. Mit ihrem Kopftuch war sie leicht auszumachen im Publikum unseres Theaters. Um diesen Platz zu bekommen, hatte ich extra die Frau von der Kasse bezirzt. Ich hatte nach ein paar Minuten meinen ersten Auftritt und verließ dann zwei Stunden lang bis zum Ende die Bühne nicht mehr. Zwar hatte ich nicht durchgehend Szenen zu spielen, aber ich blieb mit den Kollegen vor der Brandmauer sitzen und beobachtete die Szenen der anderen. Sichtbar für das Publikum. Das gehörte zu Kyras Inszenierungskonzept. Wir saßen an einem Holztisch, tranken Tee und aßen Brot. Wie so ein letztes Abendmahl. So versuchte Kyra das doch recht konventionelle Konversationsstück ästhetisch etwas aufzupeppen, als Spiel im Spiel, die Verwandlung der Darsteller war für das Publikum sichtbar, also kein einfacher Realismus, sondern das Spiel mit der Verwandlung und Anverwandlung. Das gefiel mir. Als ich die Bühne betrat, konnte ich niemanden im Publikum erkennen, weil das Licht wie üblich von vorne blendete. Ich musste warten bis zu einer bestimmten Szene, die an der Rampe gespielt wurde. Die erste Begegnung mit Lena, meiner Frau in diesem Stück. Das tote Kind. Die Trennung. Wir saßen uns auf zwei riesigen Stühlen gegenüber. Ich saß zuerst da und hatte kurz Zeit, ins Publikum zu schauen. Amina war tatsächlich da. Ich sah sie auf ihrem Platz. Bis dahin war ich ganz ruhig, ungewöhnlich ruhig für eine Premierenvorstellung. Als ich Amina erblickte, fing mein Herz an zu rasen. Ich freute mich. Aber diese Freude durfte ich natürlich nicht zeigen. Ich ließ mir nichts anmerken und blinzelte ihr unmerklich zu. Keine Ahnung, ob sie das überhaupt bemerkte. Sie sah gut aus. Sie lächelte und ich bildete mir ein, sie würde nicken. Lena kam, kletterte auf ihren Platz und wir musterten uns. Sie fing an zu sprechen, ich hatte ja kaum noch Text, und die Szene nahm ihren Lauf bis zu dem Moment, da sie mich nach dem Namen meiner neuen Frau fragen sollte. Lena stockte. Erst dachte ich, sie hätte einen Hänger, was ihr in den Hauptproben zuvor nie passiert war, aber dann stand sie plötzlich auf, was überhaupt nicht verabredet war. Sie ging zwei Schritte auf mich zu und griff mir völlig unvermittelt ins Gesicht. Sie drückte mit ihrem Daumen auf das Pflaster, das meine frisch genähte Wunde bedeckte. Der Schmerz schoss durch meinen ganzen Körper und ich konnte nicht anders, als einmal laut aufzuschreien. Schweiß schoss aus meinen Poren. Lena zog ihren Arm zurück und hievte sich wieder auf den Stuhl. Erst dann fragte sie mich, wie sie denn heiße, meine neue Frau. Stille. Mein Hals war staubtrocken. Die Wunde brannte. Ich sah aus dem Augenwinkel, wie die Souffleuse nervös auf ihrem Sitz hin und her rutschte und sich die Hand vors Gesicht hielt. Ich konnte die Anspannung, die sich rund um unsere Szene breitmachte, bis vorne auf die Bühne spüren. Ich versuchte mir nichts anmerken zu lassen und fing an zu sprechen. »Sie heißt …« Mir fiel der Name nicht mehr ein. Amina, dachte ich, Amina, aber das war natürlich nicht ihr Name, und dann bewegte sich mein Mund wie automatisch. »Ines, ihr Name ist Ines, du kennst sie nicht.« Das alles spielte sich in wenigen Sekunden ab. Und niemand im Publikum wäre auf die Idee gekommen, dass das nicht genau so geprobt gewesen wäre, Lenas Gang, ihr Griff in mein Gesicht, der Schrei, das Zögern, der Name. Nach der Szene saß ich wieder hinten am Tisch und die Kollegen schauten mich fragend an. Der eine, ein älterer, erfahrener Kollege, den ich sehr mochte, er spielte in unserem Stück einen vereinsamten, alten Priester, machte, vom Publikum abgewandt, eine Handbewegung vor seinem Gesicht, die sagen sollte: Die spinnt. Wir spielten die Premiere zu Ende und die Vorstellung war ein großer Erfolg, die Anspannung, die Lena mit ihrer Attacke auf offener Bühne erzeugt hatte, trug uns über die Zeit und hatte sich offenbar als Dringlichkeit auf das Publikum übertragen. Nach dem Applaus kamen die Intendantin und Kyra zu mir und bedankten sich für mein professionelles Verhalten, aber ich winkte ab. »Schauen wir mal, was die nächsten Vorstellungen bringen«, sagte ich, vielleicht beruhigt sich die Kollegin wieder. Ich war erleichtert, dass die Premiere vorbei war, und wollte nur noch weg, raus, um zu sehen, ob Amina geblieben war. Ich schminkte mich ab, zog mich rasch um und lief durch die Gänge hinaus auf die Straße. Das Publikum war schon weg, ein paar Jugendliche standen noch vor dem Theater herum und rauchten. Es hatte geregnet. Das Licht der Laternen funkelte in den Wasserlachen. Ich bog eilig um die Ecke und rannte zu dem Lokal, in dem die Premierenfeier stattfand, aber auch dort war Amina nicht. Ich hatte keine Lust, auf die Premierenfeier zu gehen, und schlenderte Richtung Bahnhof. Ich blieb vor der Sportsbar in der Schillerstraße stehen und schaute durch die Schaufenster ein wenig beim Kickboxen zu. Ich ging am *Isra* vorbei, grüßte den Kellner von draußen und fuhr dann nach Hause. Seit diesem Abend habe ich Amina nicht wieder gesehen. Sie hat sich nicht mehr gemeldet.

7

I said that it will break my heart
but i'm not coming home.

BURKINI BEACH *Not coming home*

WAS NOCH ALLES PASSIERT

MACH DIR KEINE SORGEN, das sagt er immer, mein Ex, mach dir keine Sorgen. Ich habe ihm von Amina erzählt, dass sie einen Typen in der U-Bahn zusammengeschlagen hat. Amina ist Edvins Patentante und die einzige gemeinsame Freundin, zu der wir beide noch Kontakt haben.

»Sie ist abgehauen.«

»Geil«, hat er gesagt, »geil.«

»Aber das passt doch gar nicht zu ihr.«

»Yllka«, hat er gesagt, »die kommt wieder.«

»Woher willst du das wissen?«

»Keine Ahnung, so ein Gefühl.«

»Keiner weiß, wo sie ist. Ich mache mir Sorgen.«

»Soll ich sie suchen? Ich könnte eine Story daraus machen.«

»Ich glaube, du verstehst die Lage nicht.«

»Warum? Vielleicht finde ich sie.«

Ich war sauer. Immer spielt er sich auf. Er hüpft dann vor mir rum und wedelt mit seinen viel zu langen Armen und macht einen auf allwissend. Wir treffen uns jede zweite Woche, wenn ich Edvin zu ihm bringe. Am Anfang bin ich sofort wieder verschwunden, weil ich keinen Streit wollte. Ich bin nicht mal in seine Wohnung rein. Seine neue Freundin hing bei ihm rum. Mittlerweile hat sich die Sache eingespielt. Ich bringe unseren Sohn in die Wohnung, wir plaudern noch ein bisschen, manchmal setzt sich Vera sogar dazu. Sie ist eigentlich ganz nett. Sie macht Mode. Wenn sie nicht meine Nachfolgerin wäre, hätte ich sogar Lust, mich mit ihr anzufreunden. Als ich ihn kennengelernt habe, hat er mich beeindruckt. Es schien, als könne ihn nichts umhauen. Problem? Her damit! Nichts machte ihm Angst. Nichts. Außerdem sah er gut aus. Groß, schlank, diese grünen, tiefen Augen. Es schien, als flöge ihm alles zu. Er war damals auf der Journalistenschule. Danach hat er mit ein paar Freunden ein Büro aufgemacht. Kundenmagazine, Social Media, er hat richtig Geld verdient. Nebenbei hat er Reportagen geschrieben, ernsthafte Sachen. Die hat er natürlich nur bei den besten Magazinen untergebracht. Zeit, Spiegel, SZ. Logisch, drunter hätte er es gar nicht gemacht. Es war für ihn selbstverständlich, in dieser Liga zu spielen. Alles andere hätte ihn gar nicht interessiert. Darum habe ich ihn beneidet. Ich hatte zeitlebens das Gefühl, erst artig fragen zu müssen, bevor ich mitspielen darf. Er hat sich selbst aufgestellt. Seine Eltern sind gut verdienende Ärzte, die in dem kleinen Städtchen, in dem er aufgewachsen ist, eine wichtige Rolle spielen. Meine Eltern betreiben eine Gerüstbaufirma. Sie sind als junges Paar aus Albanien hierhergekommen und seitdem arbeiten sie Tag und Nacht. Sie haben Respekt vor Autoritäten und ihre Kinder sollen es besser haben als sie selbst. So einfach ist das. Zum Glück haben meine Schwestern was Ordentliches gemacht. Anwältin, Lehrerin. Sonst hätte ich niemals Fotografin werden können. Bei einer seiner ersten Reportagen haben wir uns kennengelernt. Wir sind nach Tirana gereist und haben den albanischen Ministerpräsidenten Edi Rama besucht. Ein Künstler, der zu einem bedeutenden Politiker geworden ist. Auf dieser Reise haben wir uns verliebt. Ich habe die Bilder gemacht und ein bisschen übersetzt. Mein Ex war einer der Ersten mit einem eigenen Podcast. Mit einem Kumpel. Das lief gut. Er war einer von denen, die nichts anstrengt. Er ist nachts saufen gegangen, und am nächsten Tag hat er einen Text fertig geschrieben, ist zum Sport, und am Abend ist er mit einem Redakteur zum Essen gegangen. So ging das Tag für Tag. Wir hatten eine unbeschreibliche Zeit. Er war so zuvorkommend und aufmerksam. So kam es mir zumindest vor. Es war wie ein Traum oder ein Rausch, keine Ahnung. Ein Jahr. Ein ganzes Jahr. Als ich ihm gesagt habe, dass ich schwanger bin, hat er gar nicht reagiert. Komm, wir gehen tanzen, hat er gesagt. Dann hat er mich an die Hand genommen und wir sind in irgend so einen Club auf der Sonnenstraße gegangen, in dem es so laut war, dass man kein Wort miteinander wechseln konnte. Wir haben bis in den Morgen getanzt, er hat sich volllaufen lassen, ich war nüchtern, weil ich wusste, dass ich schwanger bin, und nichts riskieren wollte. Am nächsten Tag haben wir geschlafen. Am Abend hat er sich angezogen und ist in seine Wohnung gegangen. Ohne ein Wort. Ein paar Tage später haben wir uns im Café getroffen.

»Ich kann nicht«, hat er gesagt. »Ich kann nicht.«

Er war nervös, völlig überfordert. Er hat gezittert, Schweiß stand ihm auf der Stirn.

»Wir beenden das jetzt hier. Es ist bitter, aber ich möchte nicht mit dir zusammenleben. Wenn du das Kind haben willst, okay, ich werde mich kümmern, aber ich kann jetzt keine Familie mit dir gründen.«

Er war direkt und schmallippig. Seine herausgepresste Ehrlichkeit war brutal. So kannte ich ihn nicht. Mir war kotzübel, nicht von der Schwangerschaft, sondern, weil ich geschockt war. Dieser eiskalte Rückzug hat mich erschüttert.

Als ich ihm das mit Amina erzählt habe, war es so, als würde es ihn nicht überraschen.

»Wo ist Vera?«, habe ich ihn gefragt.

»Bei ihren Eltern.«

»Edvin hat bald Geburtstag.«

»Ich weiß.«

»Er wird schon sieben.«

Edvin ist jedes zweite Wochenende bei seinem Vater. Und seit er in die Schule geht, auch in den Ferien. Die Absprachen laufen ganz gut. Als Vater ist er verlässlich. Und seine Eltern kümmern sich rührend um ihren Enkelsohn. Außerdem zahlt er mir mehr Geld für Edvin, als er eigentlich müsste. Als ich Edvin letzte Woche zu ihm gebracht habe, da war er komisch. So abwesend. Edvin ist sofort in sein Zimmer gegangen und hat mit der Switch gespielt. Bei ihm hat er alles, was er liebt. Bei mir nicht. Wir haben keinen Fernseher und keine Switch. Edvin mag Vera, das war am Anfang hart. Ich war eifersüchtig. Aber dann ging's irgendwann.

»Pass mal auf«, habe ich letzte Woche zu ihm gesagt, »die Lehrerin hat mich angerufen. Irgendwas stimmt nicht mit Edvin. Sie sagt, er kommt in der Schule nicht mit, er ist entweder super unruhig oder völlig apathisch. Außerdem ist er aggressiv, er würgt andere Kinder. Die Eltern beschweren sich schon. Normalerweise sei sie nicht so alarmmäßig unterwegs, meint die Lehrerin, die Kinder müssten sich ja erst mal einfinden, aber die Sache mit Edvin macht ihr Sorgen.«

»Edvin?« Er war wirklich überrascht.

»Der kleine Edvin da drin?«

»Ja, dein Sohn.«

»Aber der ist doch völlig normal.«

»Nein, offenbar nicht.«

»Wie kann das sein?«

»Ich weiß es nicht.«

»Ist dir nichts aufgefallen?«

»Doch. Er ist komisch, seit er in der Schule ist. Ich dachte, das ist die Umstellung. Er macht wieder ins Bett. Er sitzt stundenlang in seinem Zimmer und starrt vor sich hin. Ich dachte, das geht vorbei. Als die Lehrerin angerufen hat, ist es mir klar geworden. Ich wollte es gar nicht hören. Aber ganz ehrlich: Mit Edvin stimmt was nicht.«

»Ich habe davon nichts gemerkt.«

Er sah müde aus. Abgekämpft.

»Was ist los?«

»Ich bin gestern Nacht aus Berlin wiedergekommen. Ich habe für eine Reportage recherchiert. Da ist so ein Schriftsteller aus Syrien. Der ist 2015 nach Deutschland gekommen. Alleine. Seine Frau und seine drei Töchter sind in Syrien geblieben. Er hatte gehofft, dass er sie schnell nachholen kann. Der hat drei Jahre im Tiergarten gelebt, weil er es in den Unterkünften nicht ausgehalten hat und er sich keine Wohnung leisten konnte. Jetzt ist seine Familie da. Ich war drei Tage mit ihm unterwegs. Der säuft wie ein Loch. Ist megadepressiv. Das war anstrengend. Du kannst es dir vorstellen.«

»Und die Kinder?«

»Denen geht's gut. Gehen zur Schule, haben Freunde, sprechen schon Deutsch. Er nicht. Jetzt ist seine Familie endlich da und er ist trotzdem verzweifelt. Die Welt hat sich verändert, seine Frau, seine Kinder. Was schlägt die Lehrerin vor?«

»Wir sollen zum Arzt gehen.«

»Zum Arzt?«

»Ja. Psychiater.«

»Aber Edvin ist doch nicht verrückt.«

»Nein, nicht verrückt, aber vielleicht krank.«

Er stand auf und stellte sich ans Fenster.

»Bei den Leuten da drüben läuft immer die Glotze, immer. Tag und Nacht.«

»Kennst du sie?«

»Nein.«

Er stand da und starrte aus dem Fenster. Ich wurde sauer. Diese Wut, die mich quälte, seit er mich sitzen gelassen hatte. Jetzt verstand ich diese Wut plötzlich. Es war sein Schweigen, diese Unerreichbarkeit. Er ließ mich einfach allein. In jedem Moment. Jetzt auch wieder. Das machte mich so wütend, dass ich heulen musste. Er drehte sich nicht um. Er stand einfach da und wartete, bis ich wieder aufhören würde zu heulen. Das machte mich noch wütender. Ich wischte mir die Tränen aus dem Gesicht und sagte, dass ich nun gehen müsse.

»Bleib noch, bitte.«

»Warum?«

»Vera ist schwanger.«

»Nein.«

»Doch.«

»Freut sie sich?«

»Glaub schon.«

»Und du?«

»Weiß nicht, ja, schon«, sagte er.

Ich war sprachlos. Ich dachte an Edvin. Wie er wohl darauf reagieren würde.

»Wird es ein Junge oder ein Mädchen?«

»Keine Ahnung, das ist noch zu früh.«

»Und Edvin?«

»Was *und Edvin*?

»Was ist mit Edvin? Hast du jetzt noch Zeit für ihn?«

»Ich weiß es erst seit gestern.«

»Ist sie deshalb bei ihren Eltern? Oder hast du wieder Mist gebaut?«

Er drehte sich um und ich sah, dass er ganz glasige Augen hatte. Er tat mir leid.

»Wie wäre es«, fragte er, »wenn wir es Edvin gemeinsam sagen?«

»Gemeinsam? Wir?«

»Ja, wir! Schließlich sind wir seine Eltern.«

Ich stand auf, ohne ihm zu antworten, und ging ins Kinderzimmer. Edvin lag auf seinem *Fatboy* und hatte Kopfhörer auf. Er starrte an die Decke. Ich ging zu ihm und nahm ihm die Kopfhörer von den Ohren.

»Edvin mein Schatz, wir müssen wieder gehen. Papa geht's heute nicht so gut. Er ist müde. Vielleicht bringe ich dich morgen wieder her.«

Er stand unbeholfen im Türrahmen. Er war sichtlich überrascht, dass ich so schnell reagierte.

»Danke«, sagte er.

»Kein Problem. Komm mal wieder auf die Beine.«

Er nahm Edvin zum Abschied auf den Arm und entschuldigte sich bei ihm. Edvin schien die Nachricht nicht zu berühren. Er fragte mich gleich, ob wir schwimmen gehen könnten. Edvin ging in den Flur und zog sich an. Mein Ex und ich standen uns im Kinderzimmer gegenüber. Er kam auf mich zu und nahm mich in den Arm. Ich wollte das nicht. Aber ich ließ es geschehen.

»Mach dir keine Sorgen«, sagte er ganz leise und zärtlich, »mach dir keine Sorgen.«

Als ich mit Edvin in der Straßenbahn saß, kam eine Nachricht auf WhatsApp. »Behalt es bitte für dich. Wer weiß, was noch alles passiert.« Die Tram fuhr die Sonnenstraße entlang Richtung Stachus. Edvin starrte aus dem Fenster. Plötzlich schrie er ganz laut.

»Da, da, da ist Amina! Mama, Amina ist wieder da!« Und tatsächlich lief draußen auf dem Bürgersteig eine junge Frau mit einem Kopftuch, die Amina sehr ähnlich sah. Ich hatte Mühe, Edvin wieder zu beruhigen.

»Aber Papa sucht sie jetzt!«, hat Edvin gerufen, »dann ist sie bald wieder da.«

»Ja, dann ist sie bald wieder da. Wenn dein Papa sie sucht.«

8

The billboard said, »The end is near«
I turned around, there was nothing there
Yeah, I guess the end is here
The end is here

PHOEBE BRIDGERS *I know the end*

DER BEFUND

ROSI WAR SCHON DREI WOCHEN nicht mehr bei der Kleiderausgabe. Das ist noch nie vorgekommen. Zumindest nicht in den zwei Jahren, in denen ich dabei bin. Meistens sitzen Rosi und Manu am Eingang und rauchen. Zwischen den Zigaretten hustet Rosi, was das Zeug hält. Manu haut ihr auf den Rücken. »Los, Mama, los!«, ruft sie dann. Ihre Hustenanfälle sind ein Spektakel. Die anderen haben schon oft gemault, dass Rosi und Manu mit ihrem Anblick die Kundschaft vertreiben. Einmal hat der Hausmeister das in der Teamsitzung angesprochen. »Könnt ihr euch nicht woanders hinsetzen?«, hat er gefragt. Rosi war trotzig. »Warum? Gefallen wir dir nicht?« Die Leute hätten Angst vor ihnen. Vor allem die Kinder. »Ist doch gut«, hat Rosi mit ihrer rauchigen Stimme geantwortet. »Ich dachte, wir kommen mit dem Ansturm sowieso nicht mehr zurecht.« Rosi und Manu sind der zweiköpfige Zerberus vor unserer Kleiderkammer. Das denke ich jedes Mal, wenn ich sie da sitzen sehe. Seit wir im Gemeindehaus diese Ausgabe eingerichtet haben, stürmen die Leute uns die Bude. Drei Mal die Woche. Vor allem im Winter. Obdachlose, Romafamilien aus Bulgarien und Montenegro, ein paar Alte aus der Nachbarschaft. Eigentlich gehört das gar nicht zu meinen Aufgaben, das macht die Diakonin, Ute, aber da ich sowieso keine richtige Gemeinde mehr habe und von den drei Beerdigungen im Monat und der einen Predigt am Sonntag nicht ausgelastet bin, helfe ich bei der Kleiderausgabe mit und versuche, mit den Leuten zu reden. So gut es geht. Manche von denen können gar kein Deutsch. Englisch auch nicht. Und Dolmetscher können wir uns nicht leisten. Ich habe beschlossen, dass diese Menschen meine Gemeinde sind. Auch wenn sie nicht zur Kirche gehören. Rosi hilft auch mit, wenn sie nicht gerade auf dem Mäuerchen vor dem Gemeindehaus sitzt und qualmt. Manu hängt immer an ihr dran. Manu ist ihre Tochter und schon dreißig. Aber geistig ist sie auf dem Level einer Zehnjährigen. Körperlich nicht, mein lieber Scholli, da nähert sie sich Rosis Statur an. Wie alt Rosi ist, weiß keiner so genau. Das verrät sie nicht. Sie will auch nicht, dass wir ihr zum Geburtstag gratulieren. Sie heißt auch nicht wirklich Rosi. Aber sie muss mindestens schon Mitte sechzig sein. Da sie kein offizielles Gemeindemitglied ist, kann ich auch nicht im Register nachschauen. Das wurmt mich. Ganz am Anfang hat sie mir erzählt, dass sie in den Achtzigern in der Nähe des Bahnhofs in einer Bar gearbeitet hat. »Als es da noch nicht so langweilig war. Schillerstraße!«, hat sie gesagt und anerkennend genickt. Sie meinte damit die Zeit, bevor in der Stadt alles zur Sperrzone erklärt worden war. »Heutzutage: Keine Puffs, kein Straßenstrich, kein Laufhaus mehr. Nix. Ihr könnt mich Rosi nennen«, hat sie gesagt und laut den Spider-Murphy-Gang-Song gesungen. *Draußen vor der großen Stadt.* Wir mussten lachen. »Da bin ich nicht mehr mit, raus in diese Fickkolonien«, hat sie gesagt. »War eh schon zu alt. Und mir auch noch Manu wegnehmen. Nix da!« Manu hat ihr einen fetten Schmatzer auf die Wange gedrückt, Rosi konnte sich anschließend die Spucke von der Backe wischen. »Wo die Liebe hinfällt«, hat sie gesagt und besonders ernst dreingeschaut. Manchmal ist Rosi eine Schauspielerin, die sich selbst spielt. Rosi hat noch drei andere Kinder, die alle viel älter sind als Manu. Rosi erzählt manchmal von früher. Dass sie die Kinder *abgegeben* habe.

»Das war besser so«, sagt sie dann.

»Ich musste ja arbeiten.«

»Und der Vater?«, habe ich am Anfang ziemlich naiv gefragt. »Ähm, welchen meinst du? Den Kleinen, den Dicken oder den Doofen? Schätzchen, die wollten ihren Spaß. Und keine Kinder.«

Ich habe gesagt, dass sie meine Stelle auch bald streichen, weil die Gemeinde zu klein geworden sei. Da hat Rosi ihr gefärbtes, feuerrotes Haar zu einem Zopf zusammengebunden und ihre engen Jeans mühsam nach oben gezogen. »Das wollen wir erst mal sehen!« Sie wirkte kämpferisch. Das ist ihre Art, zärtlich zu sein. Rosi trägt meistens viel zu enge Jeanshosen. Die T-Shirts, die sie dazu anzieht, sind ziemlich weit, trotzdem spannen sie, weil ihre Brüste riesig sind, deshalb hat sie auch immer Rückenschmerzen. Das sagt zumindest Manu, dass es an den riesigen Busen liegt. Rosi kriegt dann jedes Mal einen knallroten Kopf und schämt sich wie ein kleines Mädchen, das gerade in die Pubertät kommt. Als ich hier Pfarrerin geworden bin, war Rosi noch Kundin bei der Kleiderausgabe. Und dann sind wir ins Gespräch gekommen und ich habe gemerkt, dass sie eigentlich gar keine Kleider sucht, sondern Kontakt. Als sie vor mir stand und ihre Haare gedreht hat mit ihren vom Nikotin vergilbten Fingern, da wirkte sie ganz verletzlich, wie ein kleines, schüchternes Mädchen. Und dann sind wir irgendwann auf die Idee gekommen, dass sie doch eigentlich mithelfen könnte, den Laden am Laufen zu halten. Das musste ich ihr nicht zweimal sagen. Seitdem ist sie die zuverlässigste Mitarbeiterin, sie ist immer um Viertel vor drei da, dreimal die Woche, Manu im Schlepptau. Sie räumt die Kisten aus, legt die Klamotten auf die Resopaltische im Gemeindesaal, sie teilt die anderen Helfer ein, auch wenn die das meistens überhören und machen, was sie wollen. Dünnen Filterkaffee trinken. Das ist sehr beliebt. Wenn jemand von den Helferinnen nicht zum Dienst erscheint, dann nimmt sich Rosi das Telefon und ruft an. »Beweg deinen Arsch hierher, aber zügig«, hat sie neulich zu Hassan am Telefon gesagt, der mit einer ziemlich starken Erkältung in seiner Flüchtlingsunterkunft im Bett lag. Eine halbe Stunde später war er da. Mit fiebrigen Augen und verwuscheltem Haar. »Das müssen die lernen«, hat Rosi gesagt und war stolz auf Hassan. Als Ute ihnen erklärte, dass es aber besser wäre, wenn Hassan mit seiner Erkältung zu Hause bliebe, war Rosi beleidigt. »Das hat's früher auch nicht gegeben«, hat sie gesagt. »Wir sind immer zur Arbeit. Sowas konnten wir uns gar nicht leisten. Ich war noch nie krank.« Und dann hat sie sich aufs Mäuerchen gesetzt, sich eine gedreht, geraucht und abwesend vor sich hin gestarrt. Manu hat ihr den Rücken gestreichelt. Bis der Husten wieder anfing.

Am Abend sitze ich mit Kerstin auf dem Sofa. Wir schauen *The Crown* auf Netflix an. Kerstin kam damit an. »Die müssen wir sehen«, hat sie gesagt. Ich war erstaunt, dass Kerstin so euphorisch war. »Genau das Richtige zum Runterkommen! Philip, Prinz Philip, ich liebe ihn! Er ist so genial.« Kerstin arbeitet in der Zukunftsabteilung einer Autofirma. Sie ist Stadtplanerin und beschäftigt sich mit öffentlichem Nahverkehr. Wir haben uns bei einem Projekt für lesbische Frauen, die nach Deutschland geflohen sind, kennengelernt. Da war sie mit ein paar Kolleginnen aus ihrer Firma zum *Social Day*. Es hat gleich gefunkt zwischen uns. Ich war damals noch mit Eva zusammen. Wir haben zusammen studiert. Aber sie hat dann ihr Vikariat abgebrochen, weil sie gemerkt hat, dass der Beruf nichts für sie ist. Sie war unausstehlich. Als ich Kerstin getroffen habe, wusste ich sofort, dass für mich was Neues anfängt. Ich kann mich überhaupt nicht auf *The Crown* konzentrieren. Ich finde, Prinz Philip ist ein kalter, traumatisierter Typ, der Hilfe bräuchte. Er tut mir leid. Kerstin holt eine Tüte Gemüsechips aus der Küche. Sie findet ihn lustig. Sie will wissen, was mit mir los ist. Ich erzähle ihr von Rosi und Manu, dass ich mir Sorgen mache. Kerstin massiert meine Füße und sagt gar nichts. Ich habe keine Lust mehr zu reden. Ich habe Angst, dass Kerstin mich nicht versteht. Einmal haben sie mir während der Kleiderkammer mein Portemonnaie geklaut. Es war ziemlich klar, wer es war. Es musste einer von den Roma-Leuten gewesen sein. Kerstin hat sich irrsinnig aufgeregt und gemeint, dass man die rausschmeißen müsse. Es gäbe Regeln und so weiter. Ich habe gesagt, dass ich Pfarrerin bin und dass ich das ganz anders sehe. Es hätte einen Grund, warum die mit meinem Vertrauen nicht umgehen können. Und wenn ich denen die Tür verschließe, dann ist da niemand mehr, der ihnen noch eine Tür öffnet. Wir sind der allerletzte Hafen für diese Leute. Und ich bleibe da dran, auch wenn sie mich beklauen. Und wenn die merken, dass ich trotzdem für sie da bin, dann hört das vielleicht auf. Mit dem Klauen. Und, ganz ehrlich, was habe ich schon zu verlieren? Vielleicht können wir den Fluch durchbrechen. »Aber du bist nicht Jesus«, hat Kerstin gesagt. Ich war stinksauer. Aber ich habe mir wie immer nichts anmerken lassen. Diese Wut, keine Ahnung, die lagert sich in mir ab. In meinem Bauch. Ich habe Angst, dass sie mich irgendwann ganz anfüllt und ich keine Luft mehr kriege. Wir schauen weiter *The Crown* an, bis ich irgendwann einschlafe.

Der Eingang ist offen, unten im Hausflur stehen Müllsäcke, kaputte Fahrräder und eine verrostete Waschmaschine. Es stinkt nach Pisse. Manche Briefkästen sind aufgebogen, aus anderen quellen Werbeprospekte. Im Hausflur kommen mir ein paar Männer in Arbeitsklamotten entgegen. Sie sehen müde und abgekämpft aus. Ich sage laut »Grüß Gott« und einer von den Männern nickt freundlich. Die anderen starren auf den Boden. Im siebten Stock ist Rosis Wohnung. Als ich klingeln will, merke ich, dass die Wohnungstür, die vollgeklebt ist mit Aufklebern, nur angelehnt ist. Ich klopfe und rufe nach Rosi, aber es tut sich nichts. Plötzlich dreht irgendwo einer irre laut Musik auf. So ein Technogewummer. Die Wände zittern. Ich schiebe die Tür auf und gehe in die Wohnung, die Musik bricht wieder ab. Totenstille. Ich stehe im Flur von Rosis und Manus Wohnung. Es riecht nach Patschuli, Kaffee und Zigaretten. Ich rufe noch mal. »Hier«, krächzt es aus dem Nebenraum. Ich gehe in Rosis Wohnzimmer. Dort sitzt sie auf dem Sofa. Der Fernseher läuft. Ohne Ton. Auf dem Sofatisch stehen Tabakdosen, Tassen, Colaflaschen und ein Korb voll mit Erdnussflips. Auf dem lilafarbenen Teppichboden liegen leere Chipstüten, Klamotten und ein paar Handtücher. Die Raufaserwände sind vergilbt.

Über dem Sofa ein paar gerahmte Fotografien und ein gedrucktes Aquarell der *Hagia Sophia* mit einem verschnörkelten *Istanbul*-Schriftzug. Die Lampe hängt ohne Schirm von der Decke. Durch die Balkontür sieht man die Baumkronen des Forstenrieder Parks. Dazwischen die Autobahn. Vor der Heizung ein braunes Regal aus Sperrholz, auf dem drei Kakteen auf bessere Zeiten warten. Überall liegen Stapel von ungeöffneten Briefen und Zetteln herum. Rosi hustet und läuft dabei puterrot an. Den Schleim spuckt sie in ein Papiertaschentuch, das sie auf einen Stapel neben sich auf dem Sofa legt. Blut.

»Was machst du denn hier?«, fragt sie, als sie wieder atmen kann.

»Ich wollte mal nach dir schauen.«

Rosi guckt mich misstrauisch an.

»Warum schließt du deine Wohnung nicht ab?«

Rosi lacht und legt den Kopf in den Nacken. Sie zeigt auf ein etwa ein Meter großes Loch in ihrer Zimmerdecke, ein Loch, als hätte jemand mit dem Vorschlaghammer einen Durchbruch geschlagen. Über dem Loch liegen Holzdielen.

»Ich schließ keine Wohnung ab, die ein Loch in der Decke hat. Ich bin doch nicht blöd.«

»Wie lange ist das Loch da schon drin?«

»Seit ich hier eingezogen bin.«

»Warum macht das keiner zu?«

»Das darfst du mich nicht fragen. Da in der Ecke sind die ganzen Briefe. Es passiert einfach nichts. Dieser Vermieter ist ein Schwein.«

»Schon mal an Ausziehen gedacht?«, frage ich und verfluche mich augenblicklich für diese Frage.

Rosi schaut mich mitleidig an.

»Ich kriege nichts anderes mehr, Schätzchen. Bei den städtischen Wohnungsbaudingern habe ich noch so viele Mietschulden, dass die mich nicht mehr nehmen. Keine Chance. Das ist noch von früher. Mit so einer Privatinsolvenz hast du keine Chance mehr.« Sie nimmt eine imaginäre Flasche und schüttet ordentlich was in ihren Schlund.

»Der Suff, weißt du.«

»Ja, ich weiß schon.«

Seit ich Rosi kenne, ist sie trocken. Christoph, unser Hausmeister, hat mir mal erzählt, dass es vor vielen Jahren kurz davor war, dass sie ihr Manu wegnehmen. Da hat sie aufgehört. Von einem Tag auf den anderen. »Keine Ahnung, wie sie das geschafft hat«, hat Christoph gesagt. »Aber sie ist eisern.«

»Der Drecksack lässt das Haus verrotten und kassiert Miete. Das Sozialamt zahlt. Alles andere ist dem egal. Wenn die scheiß Zigeuner über mir nur nicht so einen Krach machen würden, wäre alles okay.«

»Aber die können doch auch nichts dafür«, sage ich.

»Stimmt«, sagt Rosi.

Ich zögere kurz, sage es dann aber doch.

»Vielleicht solltest du das Wort Zigeuner lieber nicht mehr benutzen. Das mögen die Leute nicht so gerne.«

»Das ist mir doch scheißegal«, sagt Rosi. »Von mir aus Bulgaren, Rumänen, Roma, die Typen nerven. Die sind den ganzen Tag unterwegs und abends machen die hier Party. Die saufen und grölen rum. Ich kann vor zwei Uhr nachts nicht schlafen. Das geht jeden Tag so. Ich weiß nicht, mit wie viel Leuten die da oben wohnen, das ist abartig. Manu nimmt

Schlaftabletten. Schon seit drei Monaten. Sie wird immer fetter davon. Ich habe Angst, dass die Typen hier irgendwann mal runterkommen. Wenn sie schläft. Männer, nur Männer.«

Rosi streckt mir ein Rezept entgegen. Es ist auf ihren Namen ausgestellt. Zopiclon.

»Das nimmt Manu. Ich brauch das nicht.«

Rosi hustet wieder.

»Das wird immer schlimmer mit diesem dreckigen Husten.«

»Wo warst du die letzten Wochen?«

»Hier.«

»Warum kommst du nicht mehr in die Kleiderkammer? Ich brauche deine Hilfe.«

»Mich braucht keiner.«

»Doch. Manu zum Beispiel. Die braucht dich.«

»Manu ist dreißig.«

»Aber sie braucht dich. Und ich brauche dich auch. Niemand mehr da, der für Ordnung sorgt. Ohne dich ist die Kleiderkammer ein Witz. Trostlos. Langweilig. Alle tanzen mir auf der Nase rum.«

Rosi lächelt. Sie wirkt ein bisschen stolz.

»Ich esse nichts mehr. Bis die das Loch da oben zumachen. Das habe ich denen geschrieben. Hier. Ich streike. Und wenn ich da hingehe und mir den Typen mal persönlich vorknöpfe. Aber an den kommst du nicht ran. Enteignen sollten die den. Enteignen.« Rosi streckt mir einen Zettel entgegen. Ich lese den Brief an die Hausverwaltung, in dem sie ein Ultimatum stellt, bis wann das Loch geschlossen werden soll. Sie sollten sich sicher sein, dass sie für ihren Tod verantwortlich seien, wenn er denn einträfe. Denn wenn es nicht geschlossen würde, das Loch, dann würde sie einfach weiterhungern. Hochachtungsvoll.

»Hast du den abgeschickt?«

»Vor zehn Tagen.«

Ich setze mich neben Rosi auf das verdreckte Sofa. Wir sinken beide in die Polster ein. Die Kissen haben keine Spannkraft mehr. Ich stütze mich an der Tischkante ab und bleibe kleben. Es ist eklig. Ich sitze mit Rosi in der Sofakuhle und wir schauen uns an. Rosi hustet. Das hört sich nicht gut an. Wie ein alter Diesel, der im zweiten Gang auf hundert beschleunigt.

»Gleich kommt Manu«, sagt sie. »Freitags bringen sie die Kinder schon um zwölf. Dann hat sie Hunger.«

»Was gibt es?«

»Keine Ahnung.«

»Soll ich mal in der Küche schauen, was da ist?«

»Im Schrank steht noch eine Dose Ravioli.«

Ich hieve mich aus dem Sofaloch und gehe in die Küche. Über der Spüle hängt ein einzelner Küchenschrank. Drinnen sind eine Dose Ravioli und eine Menge Tütensuppen und Zucker und Backpulvertütchen und Vanillearoma. Und jede Menge Maoam. Ich stecke mir heimlich ein paar in die Tasche.

»Wo ist der Öffner?«, schreie ich, weil das Gewummer wieder eingesetzt hat.

»In der Spüle!«

Ich finde ihn unter einem Haufen dreckiger Teller, Tassen und Töpfe. Mir wird schlecht. Ich stopfe mir ein Maoam in den Mund.

Ich spüle einen Topf ab, wobei ich ihn kaum sauber kriege, weil die Saucenreste schon zu hart geworden sind. Ich trockne ihn mit einem verkrusteten Geschirrtuch notdürftig ab und schütte die Ravioli hinein. Ich stelle alles auf den Herd und spüle noch zwei Teller ab.

»Kommst du klar?«, ruft Rosi aus dem Wohnzimmer.

»Alles paletti«, antworte ich.

Die Ravioli werden schnell warm und da kommt auch schon Manu. Mit einem höllischen Getöse wirft sie ihre Tasche in die Ecke, schmeißt ihre Schuhe durch die Gegend und ruft: »Hunger!! Ich habe Hunger!«

»Wir haben hohen Besuch. Benimm dich«, röhrt es aus dem Wohnzimmer. Manu steht in der Küchentür, und als sie mich sieht, strahlt sie über beide Backen und nimmt mich überschwänglich in den Arm. Sie küsst mich ins Gesicht, auf den Hals. Schweiß, Frittenfett. Ihre faulen Zähne verbreiten einen abstoßenden Mundgeruch. Die Schneidezähne sind schwarz. Deshalb öffnet sie den Mund beim Sprechen kaum. Oder sie schiebt ihre Lippen so geschickt über die Zähne, dass ihr Mund aussieht wie ein zahnloser Krater, wenn sie laut schreit oder lacht. Jahrelanges Training. Ich frage mich, ob sie nicht andauernd höllische Schmerzen hat.

»Wie war es in der Werkstatt?«

»Super. Wie immer! Heute haben wir sooo große Luftballons bedruckt«, ruft sie und formt einen riesigen Kreis mit ihren Armen in die Patschuliluft. Ihr Schweißgeruch weht zu mir herüber.

Sie schaut in den Topf und freut sich.

»Komm«, sage ich, »wir essen was.«

»Was gibt's?«

»Ravioli. Vom Feinsten.«

Manu setzt sich hin und ich fülle ihren Teller mit den Dosenravioli.

Mir selbst tue ich auch ein paar auf.

»Ey, nicht so viel!«

»Keine Angst«, sage ich, »ich habe eh keinen Hunger.«

»Wie Mama«, sagt sie und fängt an, sich die schleimigen, kleinen Teigtaschen in den Mund zu schieben. Was sie mit dem Löffel nicht reinkriegt, drückt sie mit drei Fingern ihrer linken Hand nach. In null Komma nix ist ihr gesamtes Gesicht voller Tomatensauce. Mir wird schon wieder schlecht. Aber ich versuche, mir nichts anmerken zu lassen.

»Mama isst ja nichts mehr«, sagt Manu.

»Wie lange schon?«

»Keine Ahnung.«

»Hauptsache dir schmeckt es«, rufe ich.

Die Musik hat wieder aufgehört.

»Am Bahnhof gab es eine Schlägerei.«

Manu wird ganz nervös, hektisch schlägt sie mit der rechten Handkante gegen ihren Hinterkopf.

»Manu, hör auf«, rufe ich. Aber sie reagiert gar nicht. Ihr linkes Bein fängt an zu zittern. Rauf und runter.

»Eine Frau. Mit Kopftuch. Sie hat einen Mann zusammengeschlagen. Erst gespuckt, erst gespuckt, erst gespuckt! Überall Blut. Es wird immer schlimmer.«

Sie zittert jetzt am ganzen Leib. Manu ist völlig außer sich.

»Ist das auf der Heimfahrt passiert?«

Ich kann gar nicht glauben, was ich da höre.

»Ja, eben. Am Bahnhof. Hör mir doch zu.«

Manu pfeffert ihren Löffel in die Ravioli. Sie wird wütend.

Das kenne ich schon. Ihre Stimmung schlägt um. Von jetzt auf gleich.

»Hast du das gesehen?«

»Ein Mann. Das Blut. Die Frau.«

Manu springt auf, setzt sich wieder hin, springt wieder auf, setzt sich wieder hin, springt wieder auf, und dann wird sie wieder ruhiger. Wie ein Ahorn, nachdem eine Sturmböe durch ihn hindurchgefegt ist. Wie sich die Angst den Weg durch diesen Körper bahnt, denke ich, wie plötzlich eine Frau mit Kopftuch in ihren Fantasien auftaucht, eine Gewalttat, die wahrscheinlich nur in ihrer panischen Vorstellung stattgefunden hat. Wie die Motive durcheinandergehen, kein Wunder, denke ich, bei der Dauerbeschallung überall. Ich hake nicht mehr nach. Ich bin froh, dass sie sich wieder beruhigt hat. Einmal habe ich es erlebt, wie so ein Anfall über eine Stunde gedauert hat. Vor dem Gemeindehaus. Wir haben den Krankenwagen gerufen, weil sie geschrien hat und die Augen verdreht und nicht mehr zu bändigen war. Als die Sanitäter kamen, war alles vorbei, wie jetzt.

»Ich bin müde«, sagt Manu und steht auf. Sie wischt sich mit dem Ärmel ihres Pullovers den Mund ab und geht ins Schlafzimmer. Ich höre, wie sie sich krachend aufs Bett fallen lässt und den Fernseher anschaltet. Ich gehe zu Rosi ins Wohnzimmer. Sie ist auf dem Sofa eingeschlafen. Ich stehe wie angewurzelt da. Soll ich zu Manu, soll ich Rosi wecken, soll ich sauber machen, einkaufen, was soll ich tun? Kurz denke ich, wenn ich einfach gehe. Wenn ich sie einfach wieder alleine lasse. Wenn ich die Grenze zwischen ihrer und meiner Welt wieder hochziehe. Wenn ich nicht hierbleibe. Was wird dann aus den beiden? Was wird dann aus mir? Sie haben bis hierhin ganz gut ohne mich gelebt. Ich frage mich ernsthaft, warum ich hier stehe und nicht weiterweiß. Da wacht Rosi von ihrem eigenen Husten auf. »Setz dich, Schätzchen«, sagt sie und wundert sich kurz, warum ich in ihrem Wohnzimmer herumstehe. So wie man sich wundert, wenn man aufwacht und für ein paar Atemzüge nicht weiß, wer man ist, wo man sich befindet. Ich setze mich auf den Holzstuhl, der neben dem riesigen Fernseher steht.

»Mach mal die Schublade da auf.«

Ich gehe zu dem klapprigen Sideboard neben der Tür und öffne die Lade. Da liegen drei Bilder und ein Brief. »Das sind sie«, sagt Rosi. »Meine anderen Kinder.« Auf den alten Fotografien sind drei Kinder zu sehen. Zwei Jungs, der eine etwa zehn, der andere vielleicht sieben, und ein ganz kleines Mädchen, vielleicht vier Jahre alt. Ich liege mit dem Alter von Kindern immer daneben, wahrscheinlich, weil ich selber keine habe. Vergilbte Fotos. »Die Kleine hat mich mal besucht. Da war sie schon zwanzig. Die war hübsch. Bankkauffrau. Seitdem schreibt sie mir immer an Weihnachten eine Karte. Die Jungs sind schon groß. Die wollen von ihrer Mutter nichts mehr wissen. Männer!«, sagt Rosi und winkt ab. »Und was ist mit dem Brief?«, frage ich. »Der ist ja vom Arzt.« Rosi schaut in meine Richtung, aber ihr Blick geht an mir vorbei. »Die ganzen Kinder. Die habe ich alle weggegeben. Pflegefamilien. Da ging es ihnen gut. Die Kleine hat sich sogar bei mir bedankt. Das wäre ja gar nicht gegangen. Die Arbeit. Der Suff. Ich würde Manu niemals hergeben.«

»Rosi, das ist ein Befund. Hast du den gelesen?«

»Bin ja nicht blöd.«

»Und jetzt?«

»Krebs.«

»Was machst du jetzt?«

»Sag bloß nichts zu Manu. Sie soll das nicht wissen.«

»Warum liegt das hier in der Schublade rum?«

»Weil diese Schublade der einzige Ort in dieser scheiß Wohnung ist, der vor Manu sicher ist. Da würde sie niemals drangehen, weil sie weiß, dass da die Fotos von ihren Halbgeschwistern drin sind. Die hasst sie.« Ich falte den Brief zusammen und lege ihn wieder in die Schublade. Oben latscht einer über die Holzbohlen. Laute Männerstimmen. Ich brauche frische Luft. Auf dem Balkon ist es eiskalt. Beim Nachbarn linker Hand stehen ein verrosteter Hometrainer und ein paar leere Bierkästen rum. Auf der anderen Seite stapeln sich Müllsäcke mit gebrauchten Windeln. Unten auf der Wiese vor dem Haus läuft ein kleines Mädchen zwischen Wäscheständer und Sandkasten hin und her. Irgendwann ruft eine Frau nach dem Kind und das Mädchen verschwindet. Das beunruhigende Rauschen der Autobahn stresst mich. Das hört nie auf, denke ich. Den ganzen Tag, immer dieses Geräusch. Wenn Rosi nicht mehr ist, dann geht das Rauschen einfach weiter. Was das mit den Menschen macht, frage ich mich. Der Wald jenseits der Autobahn sieht schäbig aus. Schmale, lehmige Pfade, die von der Böschung in das struppige Gehölz führen. Wer benutzt diese Wege? Ich stelle mir vor, wie am Abend siebenbeinige, schuppige Tiere aus dem Wald kommen und über die Autobahn zu den Hochhäusern laufen, um die Kinder zu holen, die noch draußen bei den Wäschestangen spielen. Und dann sehe ich sie, wie sie die lehmigen Pfade zurück in den Wald kriechen, die Kinder hängen an ihnen dran. Nichts ahnend. Ich gehe zurück in die Wohnung. Rosi sitzt nicht mehr auf dem Sofa. Ich gehe zum Schlafzimmer und sehe, dass beide im Bett liegen. Manu ist eingeschlafen, ihr Kopf auf Rosis Beinen, Rosi hält den Regler der Spielkonsole in der Hand. »Mario Kart!«, ruft sie und schaut angestrengt durch ihre geklebte Brille auf den Bildschirm, der an der Wand neben der Tür hängt. Sie hustet.

Kerstin will am Abend wieder *The Crown* schauen. Sie kommt zurzeit spät nach Hause. Meistens meditiert sie dann noch eine halbe Stunde und wir essen zusammen. Dann ist es schon fast halb zehn. Wir sitzen auf dem gelben Sofa und jede von uns liegt mit dem Kopf auf einer Sofalehne, unsere Fußspitzen berühren sich. Diese Berührung halte ich kaum aus. Manchmal ist es mir zuwider, wenn mir Kerstin zu nahe kommt. Ich erschrecke dann über mich selbst.

»Hast du eigentlich in letzter Zeit mal wieder über Kinder nachgedacht?«, frage ich sie.

»Wie kommst du denn jetzt da drauf?«

»Ach, nur so. Die Zeit vergeht so schnell.«

Ich schalte den Fernseher ein und wähle Netflix. Die vierte Folge der zweiten Staffel fängt gerade an. Kerstin zieht sich unsere rote Schafswolldecke über die Beine.

»Wir haben so eine große Wohnung«, sage ich.

»Ja, ein Luxus«, erwidert Kerstin, während sie auf den Bildschirm schaut. »Warst du da noch wach?«, fragt sie mich und meint die Rückblende am Anfang der Folge.

»Wir könnten doch noch jemanden aufnehmen in unserer Wohnung. Muss ja nicht gleich ein Kind sein«, antworte ich.

»Okay, aber wen sollen wir denn aufnehmen? Einen Hund! Ich will einen Hund!«

»Vielleicht jemanden, der eine Familie braucht.«

»Ich sag's doch: Du willst ein Kind!«

»Platz hätten wir ja.«

»Lass uns mal die Serie anschauen. Vielleicht können wir am Wochenende darüber sprechen.«

»Ja, vielleicht.«

9

Hopelessness
I feel the hopelessness

ANOHNI *Hopelessness*

STIMMEN

WENN DU SCHON STIMMEN HÖRST, dann, in Gottes Namen, sprich mit ihnen.

Du hast es gesehen, wie er deine Mutter.

In dem Büro, das sie sauber machen sollte.

Du saßest unter dem Schreibtisch.

Du warst still, weil du Angst hattest.

Es war schon spät am Abend, du warst noch nicht mal ein Schulkind.

Im Bus nach Hause haben die Stimmen angefangen zu sprechen, draußen hat es geregnet, der Bus fuhr vom Hauptbahnhof in eure Siedlung.

Du warst so müde, dass du die ganze Nacht wach geblieben bist, im Bett deiner Mutter.

Du hast ihre zitternde Hand gehalten und fühltest dich groß.

Als dein Vater am Morgen stockbesoffen nach Hause kam, hast du ihm eine Flasche Bier auf den Küchentisch gestellt und deine kleine Hoffnung hat sich erfüllt: Er ist eingeschlafen.

Am nächsten Nachmittag seid ihr wieder los in die Stadt zu den Büros.

Deine Mutter hat sich nichts anmerken lassen, nicht vor den anderen, du wusstest alles. Du konntest es an ihrem Blick sehen. Ihrem Gang. Wie sie die gelben Putzhandschuhe über ihre geröteten Finger gezogen hat. Du bist nicht mehr von ihrer Seite gewichen.

*

Das Kind können Sie nicht mehr mitbringen, hat der Chef gesagt, und deine Mutter hat ihren Job verloren. Sie hat geheult und saß im Bus und hat aus dem Fenster gestarrt.

Zu Hause hat sie die blaue Sporttasche genommen und ein paar Klamotten eingepackt und den kalten Kaffee aus der Tchibo-Tasse in einem Schluck ausgetrunken. Sie hat ihr Gesicht verzogen. Es ist kurz stehen geblieben, das Gesicht, dann ist es runtergefallen, das Gesicht. Und zerschellt. Zwischen den Chips und Haferflockenkrümeln, die auf dem Teppich lagen. Aus der Nachbarwohnung wieder das höllische Gehuste. Ich halte das nicht mehr aus, hat sie gesagt und ihre Jacke angezogen und ihre Mütze und den glitzernden Schal umgeworfen. Sie hat dich an der wund gescheuerten Hand aus der Wohnung gezerrt. Du hattest zwei verschiedene Schuhe an. Und den Trainingsanzug. Es war kalt. Ein Riss.

*

Diese Pflegefamilie war das Beste, was dir passieren konnte. Aber an den Stimmen hat es nichts geändert. Immer sagt jemand: Mach dies, tue das. Du landest immer wieder am Bahnhof. Da wo die Büros waren, die deine Mutter geputzt hat. Du hast noch nie jemandem von den Stimmen erzählt. Noch nie. Und auch jetzt schweigst du davon. Sie drücken dich an die Wand. Einer schiebt sein Bein von hinten zwischen deine Beine und drückt sie auseinander. Er tastet dich ab. Er drückt deinen Kopf gegen den Putz. Es ist drei Uhr morgens. Da hinten ist die Beratungsstelle. Da bist du monatelang hingegangen und dann ist deine Beraterin ausgetickt. Die neue konntest du nicht leiden. Blut läuft dir die Stirn runter. Dreh dich um, sagt der Typ. Er hat keine Uniform an. Er wedelt mit der kleinen Plastiktüte vor deinem Gesicht herum. Das reicht, sagt er und lässt die Handschellen zuklappen. Du bist froh, dass es mal wieder so weit ist. Die Zelle ist kalt. Aber du bist nicht alleine. Die Stimmen. Die anderen können dich mal.

*

Du sitzt in dem Raum mit dem blauen Teppich und den hohen Decken. Du erzählst von der Therapeutin, die durchgeknallt ist. Du heulst. Die anderen sind genervt, weil sie die Geschichte schon hundertmal gehört haben. Shirin lächelt dich an. Aber du glaubst es einfach mal. Was für ein geiles Gefühl. Da ist eine, die dich anlächelt. Shirin hat einen Goldzahn, der blitzt in der Sonne, weil die Strahlen durch das Fenster genau in Shirins Gesicht fallen. Was die erlebt hat, ist tausend Mal krasser als alles, was in deinem Kopf herumspukt. Du lächelst und Tobi springt auf und schreit dich an. Wie kannst du so eine Geschichte erzählen und dann lächeln, du Monster.

Kramer bleibt ganz ruhig und schließt die Augen. Alle starren ihn an. Dann holt er tief Luft. Nichts passiert. Tobi rennt zur Tür, wieder zurück, reißt das Fenster auf, schließt es wieder, setzt sich, springt wieder auf. Ihr kotzt mich alle an! Alle wissen, dass er sich gleich wieder beruhigen wird. Du auch. Du weißt es auch. Du weißt sowieso ziemlich viel. Man muss durch diese Scheiße waten, damit es besser wird, sagst du. Und lächelst, weil du nicht weißt, wer das gesagt hat. Aber das können die anderen nicht ahnen. Kramer öffnet die Augen und schaut dich an. Das ist also Scheiße da in ihnen drin. Kot. Exkremente. Kirsten, die Aldi-Kassiererin, lacht. Sie lacht so laut, dass du dir die Ohren zuhalten musst. Kramer zieht die Nase hoch. Ja, Scheiße, Dreck, Kot, Mist, Müll, Kacke, sagst du. Tobi sitzt wieder auf seinem Stuhl und wippt hin und her. Shirin lutscht am Ärmel ihres Hoodies. Kramer schaut auf die Uhr, die an der Raufaserwand hängt, und beendet die Stunde. Beim Rausgehen berührst du Shirin an der Schulter. Sie lächelt. Ihr geht hintereinander und dann setzt ihr euch in der Küche auf die beiden Sessel, die unter dem Fenster stehen. Fred, der Produktdesigner, kommt zu euch und fragt, ob ihr einen Kaffee wollt. Es ist schon wieder Freitag. Am Wochenende sind keine Stunden. Nur abhängen. Raus kommen wir hier nicht. Aber du sagst es niemandem, dass du einen Weg gefunden hast. Raus.

*

Du hast dem Polizisten einen Stoß verpasst mit dem Kopf. Kaputt. Seine Stirn, deine Stirn. Damit hat er nicht gerechnet. Kranke Drogensau!, hat er geschrien. Das kennst du schon. Das ruft immer einer. Jeden Tag. Manchmal auch scheiß Jugo! Du kennst alle Ausdrücke. Es stinkt zum Himmel. Der Entzug ist nicht so schlimm. Die helfen dir mit ihren Medikamenten. Danach ist die schönste Zeit. In der Klinik, Therapie. Malen. Sport. Das ist jetzt das dritte Mal. Jedes Mal hast du eine kennengelernt. Shirin ist etwas Besonderes. Sie ist anders als alle, die du bisher getroffen hast. Sie haben gesagt, dass du nicht sollst. Kein Sex. Keine Beziehung. Aber was denken die sich. Wie sollst du das hier aushalten. du verstehst das schon, klar, aber ohne Sex. Shirin ist auch erfahren. Sehr erfahren. In allem. Es war ihr Stiefvater, ihr Onkel und der Cousin. Ich kann manchmal nicht mehr atmen, sagt sie und schließt die Augen. Ich weiß nicht, wann es bei mir angefangen hat, sagst du. Kramer hat uns draußen auf der Wiese gesehen. Er ist kurz stehen geblieben. Hat die Hand gehoben zum Gruß wie ein Nazi. Aber Kramer ist kein Nazi. Kramer ist nett.

*

Als sie sich bei dir gemeldet hat, wolltest du es nicht glauben. Du hast gedacht, das ist eine von den Stimmen. Du warst vor dem Bahnhof. Klar, du warst ganz klar. Du wolltest nur mal schauen, ob du die anderen siehst. Du wolltest nichts kaufen, nichts nehmen, nichts wissen. Dein Handy hat geklingelt, und schon das Klingeln war so beschissen falsch, dass du am besten nicht rangegangen wärst. Du hast ihre Stimme nicht erkannt, aber das Schluchzen, das Heulen. Sie war es. Woher hast du meine Nummer, hast du geschrien, woher, du konntest nicht auflegen. Ihr habt euch verabredet. Am selben Tag.

*

Wie viele Jahre?, fragst du. Sie sieht gut aus. Sie schaut dich an, als wolle sie dir helfen. Ja, sagst du, hilf mir! Sie weint. Als du fragst, warum, weiß sie keine Antwort. Sie erzählt dir, dass sie zurückgekommen ist in die Stadt. Mit ihrem Mann. Zwei Kinder, sagt sie. Dir wird schlecht. Ich bin zwanzig, sagst du. Ich bin erwachsen. Aber jetzt bin ich wieder ein Kind. Sie weint. Heißt das? Das heißt gar nichts, sagst du. Sie erkundigt sich nach Werner und Brigitte. Die können mir nicht mehr helfen, hörst du dich sagen. Trudering. Das Haus. Ich habe Hausverbot. Aber. Nichts aber. Es ist korrekt, sagst du. Sie trägt ein beigefarbenes T-Shirt mit Strass drauf und eine ausgewaschene Jeans. Weiße Turnschuhe, ihre Haare sind zusammengesteckt, sie sieht aus wie vierzig. Ich war so jung, sagt sie. Ich war kaputt. Total kaputt. Aber jetzt. Die Kinder sind zehn und acht. Junge und Mädchen. Ob du sie kennenlernen willst. Du fängst an zu zittern. Jetzt schon, denkst du. Ich muss los, sagst du. Aber du bleibst sitzen. Ich muss los. Wohin. Was besorgen. Ach, Junge. Besuch uns. Gib mir Zeit, sagst du ganz ruhig. Sie lächelt. Sie nimmt deine Hand. Sie hat ganz harte Finger, aufgeplatzte Haut. Vom Putzen, fragst du. Sie schaut überrascht. Neurodermitis, sagt sie. Du lachst. Du hältst sie fest. Eine Ewigkeit. Wird jetzt alles gut, fragst du. Sie heult schon wieder. Willst du ihre Nummer? Welche Nummer? Werner und Brigitte. Ja, will ich. Dann seid ihr schon zu dritt, sagst du.

*

Das bin ich nicht, sagst du. Aber wer ist es dann, fragt Shirin. Keine Ahnung, sagst du. Ich bin schwanger, sagt Shirin. Nein, sagst du. Doch, sagt sie. Du stehst auf und trittst mit voller Wucht gegen den Kaffeeautomat. Sofort kommt einer aus dem Stationszimmer angerannt. Rieder, der Bezugspfleger. Alles okay? Ja, sagst du. Shirin zittert. Was jetzt? Keine Ahnung, sagt Shirin. Das geht nicht, sagst du. Ich rede mit meiner Mutter. Die habe ich gestern getroffen.

*

Aber was soll sie schon dazu sagen. Du stehst in ihrem Wohnzimmer. Der Glastisch scheppert, als du dein Wasserglas draufstellst. Das Glas scheppert so laut, dass du zu schwitzen anfängst. Deine Mutter sieht dich an, sie sieht aus, als hätte sie Angst, ihre Haare hat sie wieder zu einem Zopf gebunden. Es riecht nach Putzmittel. An der Wand über dem Sofa hängt ein Bild von den Kindern. Du starrst es an. Zwei Kinder. Ein Mann. Ein riesiger Typ. Alle lachen. Sie stehen auf einer Wiese. Wo ist das?, fragst du. Was? Das Bild, wo ist das? Kroatien, im Urlaub. Ist er Kroate? Ja. Davor. Sein Name ist Davor. Gleich kommen die Kinder aus der Schule, sagt sie. Verstehe. Ich soll gehen. Nein, gar nicht, bitte bleib doch. Ich gehe aber. Das halte ich nicht aus. Es scheppert immer noch. Du zitterst. Ich habe mit ihnen gesprochen. Sie wollen dich kennenlernen. Ich will sie nicht kennenlernen. Du wirst Oma. Was? Du wirst Oma.

Ich wusste nicht, dass du eine Freundin hast. Habe ich auch nicht. Noch nicht. Keine Ahnung. Sie ist schwanger. Was soll ich machen? Hilf mir! Wie soll ich dir helfen? Kannst du mir Geld geben? Nein, ich habe kein Geld. Wie heißt sie? Egal. Nein, nicht egal. Will sie das Kind kriegen. Keine Ahnung. Egal. Nein, nicht egal. Verfickte Scheiße, kannst du mir Geld geben? Du hast doch Geld, du lebst hier in dieser Wohnung, mit diesem Typen, du hast diese Kinder, die essen doch irgendwas, das kostet doch alles Geld, sag doch nicht, du hast kein Geld. Ich bin dein Sohn. Was ist mit deinen Pflegeeltern. Werner, Brigitte. Die heißen Werner und Brigitte. Ich habe Hausverbot. Weil ich geklaut habe. Sie wollten dir auch kein Geld geben. Diese Stimmen, die machen mich fertig. Wer redet hier eigentlich. Du sagst, dass es dir zu viel wird. Du rennst raus, fährst zum Bahnhof. Du rufst Shirin an. Sie geht nicht dran. Du nimmst den Bus in die Klinik. An der Pforte untersuchen sie dich. Nix dabei, habe ich doch gesagt. Du gehst auf Station, gleich triffst du Kramer. Es war scheiße, sagst du gleich beim Reinkommen. Kramer runzelt die Stirn. Setzen Sie sich, sagt er. Kann ich auch stehen bleiben? Mir wäre es lieber, Sie setzen sich. Du setzt dich, springst aber gleich wieder auf. Sie hat zwei Kinder, sagst du, zwei Kinder und einen Mann, Kroate. Alles total sauber. Sie hat ein schlechtes Gewissen, aber ich weiß gar nicht, was ich fühle. Ihre Hände. Sind immer noch ganz rau. Neurodermitis, sagt sie. Ich dachte, vom Putzen. Vielleicht ist alles falsch. Vielleicht ist gar nichts passiert. Vielleicht bilde ich mir alles nur ein. Was denken Sie, Kramer. Ich stand in der Wohnung und habe sie nach Geld gefragt, ich Hornochse, ich Arsch, ich Affe, ich Nichtskönner. Kramer stellt sich auch hin.

Er nimmt dich in den Arm. Echt jetzt, das lässt du dir gefallen. Du willst schreien, kannst aber nicht. Ich glaube nicht, dass Sie sich das alles einbilden, sagt Kramer. Ich glaube, dass Ihre Mutter Sie verlassen hat. Ich glaube auch, dass Sie damit nicht zurechtgekommen sind. Ich glaube auch, dass Sie sich vervielfacht haben. Mit wem spreche ich gerade? Kramer setzt sich wieder. Was war das denn, fragst du. Eine Umarmung, sagt Kramer. Ich hatte das Bedürfnis, Sie zu umarmen, weil ich Sie mag und weil ich Sie gerne trösten wollte. Aber Sie sind mein Therapeut, nicht mein Vater. Das stimmt. Sie hat zwei Kinder. Sie will, dass ich sie kennenlerne. Und? Wollen Sie? Nein, natürlich nicht. Das halte ich nicht aus, die hat mich weggegeben. Die hat mich verlassen. Aber jetzt ist sie wieder da. Vielleicht war sie ja immer da. Vielleicht hat sie nicht anders gekonnt. Aber eine Mutter gibt doch ihren Sohn nicht weg. Normalerweise nicht. Aber in Ihrem Fall schon. Haben Sie sie gefragt, warum? Nein. Warum nicht? Weil ich nicht wollte. Warum nicht? Weil ich diese Kinder nicht aus dem Kopf gekriegt habe. Was ist mit Ihren Pflegeeltern? Sie hat sie angerufen. Sie wissen Bescheid. Diese Kinder sitzen jetzt hier bei mir drin, hier im Oberstübchen. Sie reden die ganze Zeit. Quasseln unnützes Zeug. Ich krieg die da nicht mehr raus, ich will die nicht. Sie sind sehr aufgeregt. Das verstehe ich. Shirin ist schwanger. Ich weiß, sagt Kramer. Fliege ich jetzt raus? Nein, sagt Kramer. Sie fliegen nicht raus. Wir haben gerade keinen Kontakt zu Ihrer Freundin. Sie hat die Klinik verlassen. Sie macht es weg, das garantiere ich Ihnen, sie macht es weg.

*

Werner und Brigitte sitzen auf ihrem Sofa. Du erzählst ihnen von Kramer und von deiner Mutter und von Shirin. Du bist ganz ruhig. Brigitte hat rote, verheulte Augen. Wir würden uns so gerne freuen, sagt Brigitte. Werner nickt. Aber wie soll das gehen. Mit dem Kind. Ich will kein Kind, sagst du. Ich bin stolz, dass ich Vater werde, sagst du. Was denn nun, fragt Brigitte. Du bist stolz und willst es nicht. Shirin ist weg, sagst du. Sie meldet sich nicht mehr. Wahrscheinlich hat sie es längst wegmachen lassen, sagt Werner. Kann sein, sagst du. Hat sich meine Mutter bei euch gemeldet. Ja, sagt Brigitte. Sie war hier. Wir haben ihr alles erzählt, alles, was die letzten Jahre so passiert ist, wie es uns erging. Dass du jetzt erwachsen bist. Werner fängt an zu heulen. Junge, ich würde dir so gerne helfen. Darf ich bei euch bleiben, fragst du. Brigitte lacht laut auf. Werner schaut sie entgeistert an. Du stehst auf und setzt dich zu ihnen aufs Sofa. Wer bist du, fragt Werner. Ich bin's, sagst du ganz leise. Dein Sohn. Du legst deinen Kopf auf Brigittes Schulter. Sie streichelt dein Haar. Du willst für immer da sitzen bleiben. Dann stehst du auf, gehst in die Küche, nimmst zwanzig Euro aus Brigittes Geldkästchen und verschwindest.

*

Deine Mutter sagt, wir könnten ins Schwimmbad gehen. Gut, sagst du, am Donnerstag um drei im Westbad. Du musst dir vorher ein Ticket buchen. Wegen Corona, sagst du. Für die Kinder auch. Ja, ich weiß, sagt sie. Wir sind öfter da. Shirin auch, denkst du. Ich muss erst Kramer fragen, ob ich freikriege. Donnerstagnachmittag ist Gruppe, weißt du. Ja, frag nach, sonst geht auch ein anderer Tag. Nein, das klappt schon. Du ziehst dein Handy aus der Tasche und klickst dich durch die Website der Stadtwerke. Du buchst vier Tickets. Für dich und die anderen. Kramer hat nichts dagegen. Du gehst mit den Kindern deiner Mutter schwimmen. Luisa und Antonio. Antonio bewundert deine Tattoos. Besonders die Gesichter auf deinen Waden. Links und rechts. Wer ist das, fragt er. Du schaust ihn an und dann flüsterst du: Das bin ich. Ihr geht zu dem Becken mit den Sprungtürmen. Der Fünfer ist offen. Antonio traut sich nicht. Luisa steht bei ihrer Mutter und hält sich an ihrer Hand fest. Du steigst die Leiter hoch. Gehst an die Kante und stellst dich so hin, dass deine Zehen in der Luft sind. Und dann lässt du dich einfach nach vorne fallen. So als wärst du tot, leblos, wie ein Brett. Du hörst, wie deine Mutter kurz aufschreit. Kurz vor dem Aufprall streckst du die Arme aus. Der perfekte Kopfsprung. Du tauchst unter, fast bis auf den Grund, du bleibst einfach in der Haltung. Als du auftauchst, klatscht deine Mutter. Als wärst du ein Kind, das sich zum ersten Mal getraut hat, vom Fünfer zu springen. Ihr geht zu euren Handtüchern auf der Wiese. Du schaust auf dein Handy. Eine Nachricht von Shirin. Hallo, hier ist Nurgül, die Schwester von Shirin, steht da. Shirin hat sich die Pulsadern aufgeschnitten. Sie liegt auf Intensiv. Lass sie in Ruhe. Versuch's erst gar nicht. Nurgül. Wollen wir Pommes essen, ruft die Frau, die deine Mutter ist. Nein, sagst du, packst deine Sachen und gehst. Was ist los, Junge, was ist passiert, ruft sie dir nach.

*

Kramer weiß nichts, Rieder auch nicht. Sie lügen. Das kann nicht sein. Die Krankenhäuser sprechen sich doch ab. Shirins Schwester meldet sich nicht mehr. Sie hat Shirins Handy abgeschaltet. Irgendwo muss sie sein. Wenn das stimmt, was ihre Schwester schreibt, dann ist es vorbei. Du fragst dich, was mit der Schwangerschaft ist. Du fährst zu Werner und Brigitte. Werner will die zwanzig Euro wiederhaben. Du kramst in deiner Jeans und drückst ihm einen Zehner in die Hand. Er verdreht die Augen. Du stehst mit Werner und Brigitte in der Küche. Was willst du jetzt machen, fragt Brigitte. Ich gehe in jedes Krankenhaus dieser Stadt und frage, ob sie da ist. Wenn sie auf Intensiv liegt, kommst du da sowieso nicht rein. Corona. Hast du das vergessen? Weißt du ihren vollständigen Namen. Klar weiß ich ihren Namen. Dann versuche es am Telefon. Ruf in den Kliniken an. Sag ihren Namen und frag, ob sie bei ihnen ist. Das werden sie dir nicht sagen. Werner hat eine Idee. Du rufst an und sagst, du willst sie anrufen, sagst ihren Namen und sie sollen dir die Durchwahl geben. Dann schauen sie in ihre Computer, und wenn sie sie nicht finden, dann sagst du, dass du dich wohl in der Klinik getäuscht hast. Und so rufst du alle Krankenhäuser durch. Hier, nimm mein Handy, aber schalte die Anrufer-Erkennung aus. Du setzt dich an Werners Computer und druckst dir eine Liste mit allen Kliniken in München aus. Fang bei den großen an, sagt Werner. Aber warum willst du sie denn ausfindig machen, fragt Brigitte. Weil sic die Mutter meines Kindes ist. Aber du weißt doch gar nicht, ob es dieses Kind je geben wird. Dieses Kind ist im Moment nur ein Zellhaufen in einem kaputten Körper. Du starrst Brigitte an. Die Wut füllt in Sekundenschnelle deinen ganzen Körper. Atmen. Augen schließen. Aufstehen. Brigitte verlässt den Raum. Sie kennt dich. Du wirfst den Schreibtisch, auf dem der Computer steht, um. Du schreist. Die Tür knallt, Werner verschließt das Zimmer von draußen. Erster Stock, du öffnest das Fenster und schaust hinunter in den kleinen Garten hinter dem Haus. Am Ende des Grünstreifens steht noch das Trampolin, das sie dir gekauft haben, als du elf warst. Du willst darauf springen. Jetzt. Sofort. Du steigst auf die Fensterbank. Werner steht plötzlich unten im Garten. Junge, mach es nicht, geh zurück, du tust dir weh. Du weinst. Du gehst zurück ins Zimmer und setzt dich vor die Tür. Du hörst, wie Werner die Treppe hochkommt, er öffnet die Zimmertür und kommt rein. Ich will auf dem Trampolin springen, sagst du. Komm, ich bring dich hin. Ihr geht runter in den Garten, du steigst die Stufen zur Sprungfläche hoch und fängst an zu springen. Brigitte kommt und stellt sich neben Werner. Sie beobachten dich, sie lachen. Du fliegst immer höher. Das ganze Gerüst wackelt, du machst einen Salto, du lässt dich auf den Hintern fallen, du springst wieder aufrecht und in dir ist so etwas wie Stille.

*

Schwabinger Krankenhaus. Sie liegt im Schwabinger Krankenhaus. Du fährst hin, aber es ist, wie Werner und Brigitte gesagt haben. Sie lassen dich nicht rein.

*

Du sagst, dass du es nicht aushältst, ihre Kinder zu sehen. Wie sie mit ihnen umgeht. Wie sie sie umsorgt. Du sagst, dass dich das umbringt, dass es das ist, was du immer vermisst hast. Du willst haben, was Antonio und Luisa haben. Und weil du das haben willst, wirst du es nie kriegen, sagt eine aus der Gruppe und schaut sich triumphierend um. Kramer räuspert sich. Die anderen in der Gruppe sind nervös. Du hast Shirin auf dem Gewissen, sagt die Aldi-Kassiererin. Kramer unterbricht. Und redet über unsere Regeln. Haben Sie eigentlich Kinder, fragst du in Richtung Kramer. Kramer ist überrascht und versucht, Haltung zu bewahren. Er lächelt verlegen. Ich möchte darüber hier in der Runde nicht sprechen. Alles klar, sagst du. Sie sind ein Waschlappen. Sie wollen uns nicht helfen. Sie verdienen hier Ihr Geld mit unseren Macken. Sie tun so, als würden Sie sich für uns interessieren, aber wenn ich einmal eine persönliche Frage stelle, dann kneifen Sie. Ich wäre gerne wie Sie, sagst du. Was glauben Sie denn, wie ich bin?, fragt Kramer.

*

Du sitzt bei ihr auf dem Sofa.
Der Glastisch reflektiert das Licht der Wohnzimmerlampe.
Du kannst nicht verstehen, was gesagt wird.
In Gottes Namen, seid still, denkst du.
Sie reden alle durcheinander.
Ich höre Stimmen, sagst du.
Die Frau, die dich vor zweiundzwanzig Jahren geboren hat, wischt mit der Hand über den Tisch.
Es quietscht. Haut auf Glas.

Du verziehst dein Gesicht.
Die Kinder kommen rein.
Du sagst es noch mal: Ich höre Stimmen.
Was sagen sie?

Sie sagen, dass ich nicht hier sein sollte, dass ich schon immer hier sein wollte, dass ich deine Kinder liebe, dass das Quietschen von eben unerträglich war, dass ich deine Kinder beneide, dass ich gerne auf deinem Schoß sitzen würde, dass ich deine Kinder hasse, dass ich ein erwachsener Mann bin, dass ich nicht stehlen darf, dass ich mich umschauen soll, was ich zu Geld machen könnte, dass ich schon seit drei Monaten keine Drogen mehr genommen habe, dass ich unstillbaren Hunger nach Drogen habe, dass ich beinahe Brigitte umgebracht hätte, dass ich dich beneide, da sind mehrere Stimmen in mir, die immer nur von Neid sprechen, davon, dass ich das nicht aushalte, wie du mit deinen Kindern umgehst, dass du mich weggegeben hast.

Ich wollte dich retten.
Du hast mich vernichtet.
Du lebst.
Das ist das Problem.
Wer sagt das.
Alle sagen das.

Bis auf einen. Aber der ist zu klein. Den will keiner hören. Der steht daneben und sieht, wie der Typ dich vergewaltigt. Der hat das Stöhnen des Mannes im Ohr, der die Tür zu diesem Büro, das du putzen solltest, verschlossen hat. Der sitzt unter dem

Tisch und sieht die Füße des Mannes mit den heruntergelassenen Hosen. Der kann seine Mutter nicht mehr hören. Der glaubt, dass seine Mutter tot ist. Der Junge hat bis eben geschwiegen. Seid doch mal still, sagt deine Mutter zu den beiden Kindern. Sie lacht. Ich höre Stimmen.

*

10

Raise your hand, bite your tongue
Conversation is over and done

TEARS FOR FEARS *The tipping point*

ANZEICHEN FÜR EINEN NAHENDEN TOD

LIEBER MATTHIAS, NUN HABE ICH MICH endlich getraut, seinen Computer zu durchforsten. Das hat lange gedauert. Kurz bevor er gestorben ist, hat er mir sämtliche Passwörter aufgeschrieben. Für alles. Und weißt Du, ich hatte Angst vor dem Moment, mich an seinen Rechner zu setzen und die Sachen zu lesen. Sein ganzes Leben ist auf diesem Gerät. Na ja, nicht sein ganzes, aber Du weißt ja, wie wichtig das Sammeln für ihn war. Das Ordnen, das Aufschreiben. Er hat unendlich viele Ordner mit Dateien angelegt, alles ganz akribisch – es gibt wirklich für jedes Ereignis seines Lebens einen Folder. Und in jedem Ordner sind Texte, Dokumente, Bilder, alles Mögliche. Ich habe den Computer ein Jahr nicht mehr angerührt – kurz nach seinem Tod habe ich die wichtigen Sachen runtergeladen, diesen nervigen Behördenkram, Bank und das ganze Zeug, und dann habe ich sein MacBook auf den Schrank im Wohnzimmer gelegt. Ganz nach hinten, dass ich ihn nicht mehr sehe. Ich wusste, dass ich da irgendwann ranmuss, aber ich wusste nicht wann. Ich konnte nicht früher. Ich hatte Angst vor meinen Gefühlen. Letzte Woche war es so weit. Frag mich nicht warum. Es passieren andauernd Sachen, die ich nicht erklären kann. Es ist wie ein geheimes Drehbuch. Es gab einen Ordner GESCHWISTER und darin einen Ordner MATTHIAS und darin wieder zwei Ordner BRIEF und FOTOS. Die Fotos sind von Euren gemeinsamen Sportaktivitäten. Euer Marathon. Ein paar Bilder von Deinen Besuchen. Die schicke ich Dir extra über *WeTransfer*. In dem Ordner BRIEF war genau eine Datei. Und darin ist das, was draufsteht. Ein Brief. Oder besser: der Entwurf eines Briefes an Dich. Nach dem Tod Eurer Mutter hat er damit angefangen. Und ich weiß nicht, ob das alles stimmt, was da drinsteht. Ich kann es eigentlich gar nicht glauben, aber warum sollte er so was erfinden. Mit mir hat er nie darüber gesprochen. Kein Wort. Als er mit dem Brief angefangen hat, da wusste er schon von seiner Diagnose. Überall Krankheit und Tod. Eure Mutter, die Pandemie, eine Frau auf dem Dach. Uns hat er erst viel später davon erzählt. Von seiner Krankheit. Aber das weißt Du ja. Es war nicht mehr viel Zeit, sich von ihm zu verabschieden. Er konnte ganz schön gut Sachen für sich behalten. Dass er diese scheiß Krankheit kriegen würde, direkt nach Eurer Mutter, damit haben wir nicht gerechnet. Und wenn ich lese, was er Dir geschrieben hat, dann ist es nicht nur gemein, sondern einfach nicht zu glauben. Auch wieder so ein mieses Drehbuch. Das hätte ich nie für möglich gehalten. Aus meinem Glauben an … ja was eigentlich … aus meinem Glauben ist Wut geworden. Wenn Du mich vor zwei Jahren gefragt hättest, wer der ehrlichste, offenste Mensch der Welt ist, dann hätte ich gesagt: Markus, mein Mann, der Vater meiner drei Kinder. Er ist jetzt ein Jahr lang tot. Die Welt um uns herum bricht zusammen. Es ist Krieg. Ich bin damit beschäftigt, unseren Kindern Halt zu bieten. Ich bin froh, dass Markus das alles nicht mehr miterleben muss. Ich schicke Dir jetzt diese Datei, diesen Brief, diesen Entwurf. Ich weiß nicht, ob Markus ihn

Dir sowieso schon geschickt hat; ich weiß auch nicht, ob er wollte, dass Du das liest, es gibt keinen Hinweis darauf, nirgends. Aber ich spüre, dass es richtig ist. Ich möchte, dass Du weißt, was er gedacht, gefühlt hat. Es betrifft ja nicht nur ihn, sondern Euch alle. Ob Du Euren Geschwistern davon berichten willst, das überlasse ich Dir. Ich weiß nicht, ob ich einen Fehler begehe, ob ich ihm untreu werde, wenn ich Dir diesen Text schicke. Ich weiß nicht, ob das ein falsches Bild von ihm zeichnet. Oder von Eurer Mutter. Ich weiß es nicht. Weil ich nicht weiß, was die Wahrheit ist. Bitte, lass uns miteinander sprechen, wenn Du das gelesen hast. Ich schicke Dir die besten Wünsche und ein paar fröhliche Grüße von den Kindern. Sie vermissen ihren Onkel. Deine Sybille.

»Ich sitze in meinem Lieblingscafé am Fenster und staune, weil sie draußen alles abgesperrt haben, die ganze Kreuzung. Überall Polizei, Krankenwagen, Feuerwehr. Flatterband, Blaulichter, Sirenen. Ich will Dir endlich diesen Brief schreiben. Mir fällt es schwer, mich zu konzentrieren. Zu Hause sind die Kinder, an Ruhe ist nicht zu denken. Außerdem kann ich unsere Wohnung nicht mehr sehen. Nach drei Jahren Pandemie. Aber jetzt sitze ich schon seit über zwei Stunden hier, ich denke an den letzten Urlaub mit Sybille, ich weiß auch nicht warum. Wir hatten ein paar Tage ohne die Kinder. Die haben wir in diesem sagenhaft teuren Wellnesshotel im Spreewald verbracht. Weißt Du noch, ich habe Dir davon erzählt. Ich hatte eigentlich keine Zeit, weil ich ein Seminar vorzubereiten hatte: *Critical Whiteness.* Die Corona-Jahre waren anstrengend, meinte sie, wir gönnen uns was, und dann hat sie uns vier Tage gebucht. Die Kinder waren bei den Großeltern. Sybille war stinksauer, weil ich die Arbeit mitgenommen habe in dieses Hotel. Aber was sollte ich machen. Termine sind Termine. *Critical Wellness*, hat Sybille das später genannt. Weil wir uns die ganze Zeit gestritten haben.

Am zweiten Morgen bin ich wie immer viel zu früh aufgewacht. Mein Schädel brummte von zu viel Sauna und zu wenig Wasser. Ich fühlte mich krank. Es war kurz vor fünf. Ich bin jedes Mal geschockt, weil es wie in diesem Theaterstück von Sarah Kane ist. *4:48 Psychose.* Jeden Morgen wacht die Frau zur selben Uhrzeit auf und geht die Wände hoch. In der Psychiatrie. Geht nicht gut aus. Sie erhängt sich. Ich glaube, an ihren Schnürsenkeln. Das Stück hast Du mal gesehen, als Du mich in München besucht hast. Wir sind nach dem Theater furchtbar abgestürzt. Wir waren in dieser Sportbar in der Schillerstraße. Du konntest kaum noch sprechen. Morgens um fünf hast Du beschlossen, nach Hause zu fahren. Du wolltest in den nächstbesten Zug steigen. Zurück in Dein Dorf. Dir war das alles zu viel. Das war noch, bevor Deine Frau Dich verlassen hat. Ich habe Dich kaum in den Zug gebracht. Und an diesem Morgen im Hotel schaue ich auf mein Handy, das auf dem kleinen Nachttisch neben dem Bett lag, und sehe: Drei Anrufe von Dir in Abwesenheit. 3:30 Uhr. 3:45 Uhr und 4:15 Uhr. Ich stehe ganz leise auf und setze mich in den grauen Sessel, der in unserem Zimmer steht. Ich schließe die Augen. Ich versuche, ganz ruhig zu atmen. An diesen Moment werde ich mich immer erinnern, denke ich. Aber dann werde ich unruhig und drücke auf Rückruf. Obwohl Sybille noch schläft. Ich weiß auch nicht, warum ich nicht rausgegangen bin, irgendwohin. Ich war wie gelähmt. Du hebst ab und sagst: Du kannst Dir denken, warum ich angerufen habe. Ich antworte nicht. Der Arzt hat in der Nacht geklingelt. Sie ist ganz friedlich eingeschlafen. Sie war allein. Und dann fängst Du an zu weinen. Es ist das erste Mal, dass ich höre, wie Du weinst. Mir ist das unangenehm. Nicht, dass Du weinst. Verstehe mich nicht falsch. Es ging mir schon die ganzen Wochen vor ihrem Tod so. Ich hatte keine Lust, sie zu verniedlichen. Du hast plötzlich nur noch von ihr als *Mutti* gesprochen, obwohl wir das nie gesagt haben, nie. Sie war Mutter. Einfach Mutter. Wir haben einfach nur Mutter gesagt, nicht Mama, nicht Mum, nicht Mutti, nein verdammt noch mal, einfach Mutter. In so einem schnoddrigen, genervten Ton. Weil unser Vater sie so genannt hat. So würde man niemals sprechen, wenn man daran dächte, dass jemand sterben kann. Mutter. Nichts sonst. Später hast Du angefangen, sie mit ihrem Vornamen anzusprechen. Aber *Mutti*? Niemals! Als ich erwachsen war, wusste ich gar nicht mehr, wie ich sie ansprechen soll. Ich finde, es hört sich erbärmlich an, wenn ein erwachsener Mann *Mutti* sagt. Das passt nicht. Das ist, als wollte man wieder Kind sein. Ich konnte nicht weinen, nur einmal an ihrem Grab, als ich die Erde reingeworfen habe, da hat es mich geschüttelt. Sonst nicht.

Eben kam der Kellner von draußen rein und hat erzählt, dass auf der anderen Straßenseite eine junge Frau auf dem Dach stehe und springen wolle. Deshalb die ganze Aufregung. Ich bin auch kurz raus und ja, ich konnte es sehen, da steht eine junge Frau an der Kante des Dachs, aber es sieht nicht so aus, als würde sie jeden Moment einen Schritt nach vorne machen wollen.

Sie steht da wie eine Skulptur. Unbeweglich. Und dann plötzlich dreht sie sich um und geht zurück. Ich habe den Moment erwischt. Also Entwarnung. Großes Aufatmen. Wenn ich ein Fotograf wäre, hätte ich jetzt einen *big shot* gemacht.

Als ich das letzte Mal bei ihr zu Hause war, da wussten wir schon, dass sie bald sterben würde. Der Krebs hatte schon mehrere Organe befallen, sie wurde immer dünner, ihr Gesicht war schmal, die Nase spitz – ich weiß noch, wie ich das gegoogelt habe. *Anzeichen für einen nahenden Tod.* Das stand da alles beschrieben, aber man traut sich nicht, das ernst zu nehmen. Es ändert nichts. Überhaupt ist dieses Rumgegoogle völlig schwachsinnig. Ich habe gelesen, was ich gesehen habe. Warum hat mir der Anblick nicht gereicht? Wenn es ans Sterben geht, dann versagt das Vertrauen in die eigene Wahrnehmung. Dann drängt sich die Angst vor dem Tod überall rein. Ich saß am Esstisch in ihrer kleinen Wohnung und schaute aus dem Fenster. Auf ihrem Balkon standen Blumentöpfe. Auf dem Balkongeländer hatte sich irgendein Vogel niedergelassen. Er starrte mich an. Er schien verwundert, dass ich dort saß. Mutter werkelte irgendwas in der Küche. Es machte keinen Sinn, mit ihr über so eine Entfernung ein Gespräch anzufangen. Sie hörte nicht mehr gut und man konnte nie sicher sein, ob sie ihr Hörgerät eingeschaltet hatte oder nicht. Das hat mich wahnsinnig genervt. Du konntest das immer so gut hinnehmen, ohne Ärger, mit viel Humor. Das ist mir nicht gelungen. Irgendwann kam sie mit zwei Tassen und einer Thermoskanne Kaffee. Sie schenkte uns ein und sprach über ihren Garten und die Vögel und den Frühling. Sie sah traurig aus. Und unnahbar. Ohne dass ich gefragt hätte, fing sie von früher an. Sie sprach von unserem Vater. Es war schlimm, sagte sie immer wieder. Es war schlimm. Geübt darin, sie zu trösten, nahm ich ihre Hand. Aber sie zog sie weg. Sie wollte nicht von mir berührt werden. Das Schönste in meinem Leben ist mein Garten, sagte sie, so als sollte ich sie dazu beglückwünschen. Mir wurde flau. Ich spürte, dass irgendetwas nicht stimmte. Ich hatte mit Sybille über meinen Besuch bei Mutter gesprochen. Was ich von ihr wolle, in Anbetracht der Tatsache, dass sie bald sterbe. Ich hatte keine Antwort. Einfach noch mal bei ihr sein, sagte ich, vielleicht hat sie mir noch was zu sagen. Insgeheim hoffte ich darauf, etwas zu hören, was mich überraschen sollte, eine Art Letzter Wille, eine Wahrheit, vielleicht auch einfach nur eine Geste der Liebe. Mutter fing wieder von Vater an. Wie schwer es gewesen sei. Der Suff. Die Armut. Die Scham. Die vielen Kinder. Und als es am schlimmsten war, hat sie gesagt, da war ich schon wieder schwanger. Sie meinte mich. Sie starrte an mir vorbei. Sie rieb ihre Wange mit der rechten Hand, wie sie es immer tat, wenn es ernst wurde. Ich roch ihren schlechten Atem. Die Nase ragte schroff aus ihrem eingefallenen, fahlen Gesicht. Sie sprach weiter. Das war einfach alles zu viel, sagte sie. Ich hatte doch schon sechs Kinder und dann wieder schwanger. Sie sagte mir, dass sie mich eigentlich nicht wollte. Sie habe keinen Arzt gefunden, der die Abtreibung vornimmt. Die Pille habe sie nicht vertragen, das waren damals so *Hormonbomben,* hat sie gesagt. Ich wollte dich nicht, sagte sie. Genau so sagte sie das: Ich wollte dich nicht. Ich saß da und hörte ihr zu, ich, der vierzigjährige Mann, Vater dreier Kinder, ich hörte ihr brav zu, so als erzählte sie irgendeine belanglose Geschichte aus ihrer Jugend. Du warst auf der Welt, hat sie gesagt und ich wollte mir das Leben nehmen. Ich konnte dich nicht annehmen. Ich wollte dich nicht bei mir haben. Nach zwei Wochen habe man sie aus dem Krankenhaus entlassen. Zu Hause habe sich unsere älteste Schwester um mich gekümmert. Vater sei nie daheim gewesen. Irgendwann sei es ihr besser gegangen. Dann habe der Alltag zugeschlagen. Aber ich konnte dich nie lieben, sagte sie, als sie da saß in ihrer kleinen, vollgestellten Wohnung. An den Wänden lauter Bilder von ihren Kindern, ihren Enkeln und Urenkeln. Ihre Freundinnen aus der Wohnanlage bewunderten und beneideten sie um diese große Familie. Mein Leben lang habe ich es versucht, aber es ist mir nicht gelungen. Sie hörte gar nicht mehr auf. Und die anderen haben gedacht, ich sei dein Lieblingskind, habe ich zu ihr gesagt. Ja, das haben sie gedacht. Weil ich mir solche Mühe gegeben habe, meine Gefühle zu verbergen. Eine Mutter, die ihr Kind nicht lieben kann. Was ist das denn? Sie fing an zu weinen. Sie wollte Mitleid. So kam es mir zumindest vor. Ich war wie gelähmt. Was sollte das bedeuten? Ich löste mich auf, zu einem Staub, zu einer Wolke, ich weiß nicht. Wir sind noch in ihren Garten gegangen an diesem Tag. Sie war freundlich, bemüht. Fast so als wäre nichts gewesen, kein Wort mehr von der Sache. Ich war gar nicht mehr anwesend. Als ich später im Auto saß, musste ich mich aufs Fahren konzentrieren. Als ich nach sechs Stunden zu Hause ankam, konnte ich mich an nichts mehr erinnern. Der Tank war leer. Aber war ich wirklich die ganze Strecke gefahren?

Matthias, sicher hast Du Dich gewundert, warum ich in der ganzen Zeit vor ihrem Tod und danach so verhalten war; vielleicht verstehst Du es jetzt. Wie oft haben wir zusammen Wunden geleckt. Du bist mein großer Bruder. Du hast mich vor unserem Vater beschützt. Unsere Eltern haben sieben Kinder in die Welt gesetzt. Und ich war der Letzte, der Nachzügler. Der Rockzipfel. Der Benjamin. Als ich auf die Welt gekommen bin, war die gute Zeit zwischen unseren Eltern längst vorbei. Vater trank, hatte Freundinnen, es gab kein Geld mehr, alles war düster und kalt. Mutter war depressiv. Und dann musste ich auch noch meine ehelichen Pflichten erfüllen, hat sie mir mal gesagt, als ich zehn war und sie gefragt hatte, was mit ihr und Vater sei. Es war unser Glück, dass er irgendwann abgehauen ist. Wir haben alle sehr unter seiner Anwesenheit, seinem Alkoholismus, seiner Aggressivität gelitten. Du am meisten. Er war fies zu Dir, er hat Dich erniedrigt. Und ich habe Dich mein Leben lang dafür bewundert, wie Du damit zurechtgekommen bist. Du bist ein starker und aufrechter Mann geworden, ein Vater, der sich um seine Kinder kümmert, so gut er kann. Du bist kein Säufer geworden wie Dein Vater. Du hast einen Beruf gelernt und Du hast Dein Leben lang für Deinen eigenen Unterhalt gesorgt. Du hast dich engagiert für andere Menschen. Matthias, Du bist ein Vorbild für mich.

Nun sitze ich hier und seit Wochen bin ich mit nichts anderem beschäftigt: Ein Kind, das von seiner Mutter und seinem Vater nicht gewollt wurde. Das Resultat einer kranken, von Gewalt geprägten Beziehung. Mein ganzes Leben steht infrage. Als ich die Frau eben da oben auf dem Dach gesehen habe, hatte ich eine sehr große Sehnsucht, mich neben sie zu stellen, sie an die Hand zu nehmen und mit ihr zu springen. Diese Sehnsucht habe ich seit diesem Besuch bei Mutter. Nein, eigentlich habe ich diese Sehnsucht, seit ich denken kann. Mir fehlt der Grund für mein Leben. Kannst Du das verstehen? Und dann denke ich an Sybille und Marie und Anton und Leo und die Gedanken verfliegen wieder und ich bin bei der Stange und spüre die Liebe, die ich empfinden kann. Ist das nicht ein Wunder? Wenn Dir selber die Liebe Deiner Mutter immer vorgespielt wurde, wie kannst Du da selbst wirklich lieben, also echt, nicht bloß so theatermäßig. Ich bin auf der Welt. Aber wer wollte, dass ich auf der Welt bin? Wenn ich an Gott glauben könnte, dann hätte ich einen Grund. Aber so? Ich möchte ihr diese Macht nicht mehr geben. Ich möchte an mich selbst, an mein Leben glauben können. Seit ich ein Kind bin, habe ich immer wieder diese Absenzen. Ich verliere den Kontakt zu meinem Leben. Alles erscheint mir so sinnlos, so ohne Richtung, so austauschbar. Mittlerweile weiß ich, dass diese Phasen wieder vorbeigehen. Ich muss einfach stillhalten. Das dauert manchmal wochenlang. Ich muss das verbergen vor Sybille, vor den Kindern. Aber kann ich das? Mache ich nicht das Gleiche wie unsere Mutter? Theater? Die ganze Zeit Theater? Als Marie klein war, im Kindergartenalter, da bin ich andauernd mit ihr auf irgendwelchen Spielplätzen gewesen, oder noch früher beim Babyschwimmen. Ich war meistens der einzige Vater unter lauter Müttern. Und irgendwie bin ich jedes Mal irre aggressiv geworden, diese Mütter mit ihren gluckenhaften Bewegungen, ihren schrillen, besorgten Stimmen, diese bürgerliche Fürsorge für ihre Kleinen, dieser dümmliche Stolz auf jede Regung ihrer Brut, das alles hat mich wahnsinnig aufgeregt, ich musste jedes Mal an mich halten, dass ich nicht ausfällig werde. Nach diesen Begegnungen brauchte ich meistens ein, zwei Stunden, um mich wieder zu beruhigen. Ich weiß jetzt, warum mich deren Liebe so wütend, so verzweifelt gemacht hat. Ich war einfach neidisch.

Kann ich deswegen nicht *Ich* sagen. Sind mir deshalb alle Menschen suspekt, die sich selbst in den Mittelpunkt stellen und sich ernst nehmen und sich um ihre Bedürfnisse kümmern?

Wenn ich einen Roman schreiben würde, dann wären das die ersten Sätze:

›Ich bin trockener Alkoholiker, habe seit fünf Jahren regelmäßig Panikattacken, ich schlage mich mit den Folgen von zwei Bandscheibenvorfällen herum. In der psychosomatischen Klinik, in der ich vor zwei Jahren wegen meines Burn-outs war, wurde eine mittelschwere, wiederkehrende Depression diagnostiziert, von Zeit zu Zeit verspüre ich Reizdarmsymptome wie Blähungen und Krämpfe, die sich in der Regel mit chronischen Kopfschmerzen abwechseln. Ich hatte eine niederschmetternde Kindheit, die eine Zeit lang an mir geklebt hat wie Blei. Unser Vater war ein Trinker. Manchmal gab es nichts zu essen, weil kein Geld da war. Wir lebten in ständiger Angst vor seinen Wutausbrüchen. Er hat mich nie geschlagen, aber seine Wut war so bedrohlich, so Angst einflößend, dass ich bis heute davon träume und schweißgebadet aufwache. Es gab Zeiten, in denen er nichts trank, was aber auch nicht besser war, weil wir dann Angst davor hatten, dass er wieder anfangen würde. Irgendwann ist er abgehauen, und als er sechzig war, ist er an Lungenkrebs gestorben. Also alles in allem ziemlich düster. Aber ganz ehrlich: Mir geht's gut. Es gibt keinen Grund zu jammern. Ich hätte es schlimmer erwischen können. Ich bin mit einer wunderbaren Frau verheiratet, habe drei großartige Kinder und schlage mich durch. Ich hätte mich bis vor kurzem als einen glücklichen Menschen bezeichnet. Bis zu diesem letzten Besuch bei meiner Mutter.‹

Manchmal ist es so, dass ich gar nicht glauben kann, was ich da erlebt habe. Vielleicht bilde ich mir das alles nur ein. Aber warum? Warum sollte ich?

Ich dachte, es liegt alles an Vater. Bis zu diesem Nachmittag in Mutters Wohnung, unserer letzten Begegnung. Was für ein Erbe.

Ich war draußen, um eine zu rauchen. Die Polizei und die Feuerwehr und der Krankenwagen sind alle wieder weg. Auf dem Gehsteig liegt noch rot-weißes Flatterband herum. Ich bin rüber auf die andere Straßenseite zu dem Haus, auf dessen Dach die Frau stand. Der Hausflur stand offen. Ich bin rein. Im Treppenhaus kamen mir zwei Polizistinnen entgegen. Im dritten Stock habe ich den Aufzug nach oben genommen. Dann bin ich durch eine Metalltür aufs Dach. Komisch, dass sie die offen gelassen haben. Auf dem mit Kies bedeckten Hausdach standen zwei Bienenkästen. Neuerdings imkern alle. Stadthonig. Soll angeblich besonders gut sein. Das Plateau war von einer kupfern eingefassten Stufe umrandet. Ich bin langsam Richtung Kante gegangen, weil ich wissen wollte, welchen Ausblick die Frau hatte. Ich habe mein Handy aus der Hosentasche gezogen und ein paar Fotos gemacht. Plötzlich rief eine Frau, *was machen Sie denn da?* Da stand eine Polizistin im Türrahmen. Oh, gar nichts, es tut mir leid, ich wollte nur mal schauen, wie es hier oben aussieht. Mit dem Handy schauen? Wohnen Sie hier? Nein, sagte ich, nein, ich sitze eigentlich da unten im Café und schreibe was und dann habe ich das alles mit angesehen vorhin und ich dachte, ich schau mal hoch, ich mache mir gerne ein Bild von Sachen, wissen Sie. Sie sind ja lustig, sagte die Polizistin. Ganz schön gefährlich hier oben, sagte ich. Ja, gefährlich, sagte sie. Gefährlich wie das Leben, sagte ich und schämte mich im gleichen Augenblick für diesen lächerlichen Satz. Na, dann gehen Sie mal wieder in Ihr Café, sagte sie in ihrem besten Polizistinnenton. Da kamen schon ein paar Kollegen durch die Tür, die mich überrascht musterten. Ich bin an den Uniformen vorbei zurück ins Treppenhaus und bin die zwölf Stockwerke durch das beigefarbene Treppenhaus hinuntergerannt.

Lieber Matthias, ich weiß nicht, warum ich Dir das alles schreibe. Vielleicht will ich einfach, dass Du mich verstehst. Vielleicht will ich auch einfach nicht länger alleine sein. Eigentlich muss ich mir nun, nach diesem Besuch bei Mutter, mein Leben neu erzählen. Ich würde gerne alles noch mal durchgehen, zurückspulen, Szene für Szene, Moment für Moment, und die Ereignisse neu bewerten. Ein Roman. Aber das geht wohl nicht. Ich fürchte, mir fehlt die Zeit.

Ich schreibe seit geraumer Zeit Listen.

Das beruhigt mich.
Listen von Listen.
Immer wieder.

Listen von Ereignissen, die ich versäumt habe. Listen von Suppen, in die ich nie gespuckt habe. Von Gefühlen, die ich nicht verstehe. Listen von Menschen, die mir wichtig sind, von Menschen, die mir nicht so wichtig sind. Listen von Krankheiten, die mir Angst machen. Listen von Frauen, mit denen ich geschlafen habe. Listen von Frauen, mit denen ich nicht geschlafen habe. Listen von Frauen, mit denen ich gerne geschlafen hätte. Listen von Szenen, die mir peinlich waren. Listen von Verletzungen. Verletzungen, die uns unser Vater zugefügt hat. Und neuerdings Listen von Erinnerungen an unsere Mutter. Listen von Indizien. Listen von Ahnungen. Listen von Ereignissen, die mir bestätigen könnten, was sie mir gesagt hat. Listen von Erfolgen. Listen von Enttäuschungen. Listen von geglückten Tagen. Listen von überflüssigen Dingen. Listen von wichtigen Gedanken. Listen von wirklich wichtigen Gedanken. So ein Inventar, weißt Du. Ein Inventar meines Lebens.

Vielleicht ergibt die Summe dieser Listen einen Sinn. Irgendwann. Jetzt gehe ich nach Hause. Als ich diese Frau da eben auf dem Dach habe stehen sehen, habe ich eine starke Sehnsucht verspürt. Die Sehnsucht nach Wahrheit. Deshalb musste ich da hoch. Die Wahrheit hält uns am Leben, nicht die Lüge.«

Die Arbeit an diesem Buch wurde unterstützt durch das *Arbeitsstipendium für Autor:innen der Landeshauptstadt München* und das *Arbeitsstipendium des Freistaates Bayern für Schriftsteller:innen.*

Dank gilt außerdem Familie Klausing (*Hotel Bleiche*) für das *Spreewald Literaturstipendium 2021/22*.

Umschlaggestaltung: Heidi Sorg und Christof Leistl.
Titelmotiv: ©plainpicture/Heiko Schmidt
Typografie und Satz: frese-werkstatt.de
Druck und Bindung: Pustet, Regensburg
ISBN: 978-3-95614-533-9